転移先は薬師が少ない世界でした1

饕餮

Toutetsu

RB

レジーナ文庫

登場人物紹介
ツクヨミ
地球の神様。担当地区は日本。
アントス
ゼーバルシュの神様。
リンが転移したのは彼のせい。
リン（鈴《すず》原《はら》優《ゆ》衣《い》）
神様のうっかりミスにより
異世界――ゼーバルシュに
転移した元OL。
神様のすすめで薬師になり、
チート級の才能を開花させた。
ラズ
住宅や店舗に住みつく
ハウススライム。
リンによく懐いている。

ロメオ
エアハルトの弟。
騎士団長を務めている。
ビルベルト
エアハルトの同僚であり
よき友人でもある。
真面目な性格。
アレク
ガウティーノ家の執事。
リンの作るお菓子や
お茶に興味津々。
エアハルト
魔神族の貴族、
ガウティーノ侯爵家の長男。
かなり腕が立つ。

目次

転移先は薬師が少ない世界でした 1

第一章　突然の異世界転移

私——鈴原優衣《すずはらゆい》は本当に不運だ。

身寄りはなく、両親の顔も知らない。

預けられていた施設では、里親になってくれる人も現れなかった。

いい感じで話が進んでも、どういうわけか必ず直前になって別の子が候補に上がり、引き取られていくのだ。


そんなことを何度か繰り返しながら施設で過ごし、私は中学三年生になった。「将来のことを考えて、なにか資格が取れるほうがいいだろう」と先生にすすめられた進路は、商業高校。

「商業高校では簿記《ぼき》の資格が取れるし、就職にも有利になる」

そう言われて、私は商業高校に入った。

まあ、頭がいいわけじゃなかったから、高校での成績はよくて中の下といったところ。

それでも、いくつかの資格をなんとか取って卒業できたし、ない頭で試験と面接対策を頑張った結果、就職することもできた。

入った会社には独身寮もあって、住むところにも困らない。

会社ではいじめられもしたし意地悪もされたけど、そんなのは些細《ささい》なことだと考えていた。不運な私の人生も少しだけ上向き始めたのかな、と思ったから。

だけど、そこで働き始めて丸七年が経とうとしていた先日、不況の煽《あお》りを受けて会社が倒産した。

いや、正しくは会社を継ぐ予定だった社長子息がいくつかポカをやらかし、倒産してしまったのだ。

さらに会社からは、給料が払えないと言われるはめに。だけどこっちも生活がかかっている。

先輩たちが中心になって社長や社長子息を相手どって訴えるとか、労働基準監督署だかに話すとかなんとか言っていたので、私も手伝うことにした。

多少の貯金があるとはいえ、今の世の中なにがあるかわからないから、お金はあったほうがいいし。

こういうとき、彼氏とか恋人がいれば心強かったんだろうけど、そんな人はいなかった。憧れていた人はいたけど、遠い存在だったし、たぶん私は認識すらされていなかったと思う……一方的に見ていただけだから。

そんな中、引っ越しの準備もしなきゃと、不動産屋にも出かけた。けれどちょうど引っ越しシーズンでいい物件はすでに埋まっていて、これというものが見つからない。

その日は部屋探しを諦《あきら》めて帰ってからネットで探すことにし、仕事も見つけなきゃとハローワークに行って求職情報の利用申請をした。

――その帰り道、異変が起こった。

寮へ向かう道を歩いていたら、なにかに蹴躓《けつまず》いて転んでしまった。

「いったぁ！　って……………はい⁉」

手をついた地面の柔らかい感触に驚いて声を上げる。

私が歩いていたのは、アスファルトの歩道だったはずだ。

こんな、草や土が剥《む》き出しの道路ではなかった。

いきなりのことで頭が混乱する。

「なんで……？」

ポツリと呟《つぶや》いたところで、誰かが答えてくれるわけでもない。

なにか情報はないかと周囲を見渡せば、だだっ広い草原と、その向こうに木々があって、頭上には大小ふたつの太陽があった。

太陽がふたつあるからなのか、顔や手に当たる日差しが痛い。

なんというか、五月くらいの、初夏の日差しに近いまぶしさだ。

ひとまず日陰に移動しようと、立ち上がって手と膝《ひざ》の汚れを払い、木々があるほうへと歩き始める。

少し歩くと木が何本か立ち並ぶ場所に着いたので、背負っていたリュックから水筒を出し、麦茶を飲んでひと息ついた。

ここはいったいどこなんだろう……？

どうして私はこんなところにいるんだろう？

そう思っても、人影がないから聞くこともできない。

溜息をついてふと傍《かたわ》らに目をやると、見たことのある植物が視界に入った。

それはミントの中でも香りが強い、ペパーミントだった。

混乱している頭をスッキリさせたくて、ひとつ摘《つ》もうと手を伸ばす。するといきなりピロリン♪　と音が鳴って、目の前にパソコンのような、スマホのような、半透明の画面が出てきた！

なにこれ!?

その画面には、次のようなことが表示されていた。

【ミント】
薬草
ポーションの材料のひとつ
そのまま、または乾燥させて粉にしたものを、他の薬草と混ぜ合わせるとポーションになる
生の葉っぱをお茶に浮かべて飲むこともできる

「……マジか！」

なんだこれは。どうしてこんなものが目の前に浮かんでるの？

そもそも、どんな原理でこんなのが出るの？

まるでゲームや小説みたいだ。

そこで、一旦冷静になって考える。

小説とかだと、こういうときはいきなり魔物に襲われたりするのがセオリー。

まさか、そんなことはないよね？

移動したほうがいいのかな？

だけど、見知らぬ土地で下手に動いて、余計に危険な場所に迷い込みでもしたら目も当てられない。

さっきから人影もまったくないし、不安ばかりが募《つの》ってくる。

本当にどうしよう……と途方に暮れていたら、スマホの着信音が鳴った。

それはメールの着信音だったので、それだけで少し安心して息をついた。

メールが届くのだから、ここは日本のどこかで、これはなにかのアトラクションに違いない、と現実逃避をしつつ、コートのポケットからスマホを出して画面を見る。

すると画面右上のアイコンは圏外であることを示していて驚いた。

圏外になっていたらメールは受信しないはずなのに……

そんなことを考えながら、恐る恐るそのメールを開く。

鈴原優衣様
はじめまして

貴女にお話があります
下記の手順で移動してください
前へ十歩歩く
右を向いて五歩歩く
左を向いて三歩歩く
うしろを向いて二十歩歩く
左を向いて二歩歩く
以上です

神様より

「……は？」
はっきり言って意味不明だった。特に最後。
大事なことだからもう一度言うが、特に最後が意味不明だった。
神様ってなにさ！
だけど、圏外になっているスマホには実際にメールが届いている。
このメールに返信してみてもいいけど、エラーが出て戻ってきても困るので、内心ブツブツと文句を言いながらメールにある通りに歩いた。

そして最後の二歩目を踏み出したとき、なにか膜のようなものを通り抜けた感じがして、景色が一変した。

そこはとても綺麗《きれい》な場所で、思わず見惚《みと》れる。

さっきまでは草原だったのに、目の前には池とお花畑があり、それらを囲むように緑豊かな木々が生《お》い茂《しげ》っていた。

お花畑にはチョウやハチが舞い、上空には見たことのない綺麗《きれい》な鳥が飛んでいて、木々の上ではリスのような小動物が走り回っている。

そしてそのお花畑の真ん中には、丸テーブルがひとつと椅子が三脚置いてあった。テーブルの上に並んでいたのは、ティーポットとカップ、それからお菓子。

驚いたことに、そこには椅子に腰かけて腕を組み、眉間に皺《しわ》を寄せている黒髪の人と、その前で私に向かって土下座をしている銀髪の人がいる。

ええっと……なんでそんな姿勢なのかな!?

「あ、あの……？」

「大変申し訳ない！　僕のうっかりミスで、貴女をこの世界に落っことしてしまいました！」

土下座をしている人が、その姿勢のまま叫ぶように言う。

「へ……？」

「地球や日本の神様、果ては貴女の守護者やご先祖にも謝罪いたしますし、今から事情を説明いたしますので、この席に座っていただけませんか⁉」

土下座されたうえそんなことを言われて混乱し、固まってしまう。

神様？　守護者？　ご先祖様？

なにを言っているんだ、コイツ――と思ったのは仕方ない。

椅子に座っている人を見ると、こめかみや額に青筋を浮かべている。

固まって動かないでいる私に痺《しび》れを切らしたのか、土下座していた人が立ち上がって私の腕を引き、椅子に座らせてくれた。

ありがとうございます、でいいのかな、この場合は。

……なんか違う気もする。

そのあと、すすめられるがままに紅茶を飲んで落ち着いたころ、さっきまで土下座をしていた男性が話しかけてきた。

「私はこの世界――ゼーバルシュを管理している神で、アントスと言います。そしてこちらが、地球を管理している神様の一柱、ツクヨミ様でいらっしゃいます。担当地域は

「…………はあ!?」

「日本です」

そんな言葉から始まった説明は、荒唐無稽《こうとうむけい》としか言いようがないものだった。

私がこの世界に来るはめになったのは、銀色の長い髪の神様――アントス様の言った通り、彼のうっかりミスのせいだった。

この世界ゼーバルシュの北にある大陸に、なにか困ったことがあるとすぐに異世界人を召喚してしまう人族の国があるという。

ほんの些細《ささい》なことでも呼ぶものだから、さすがに他の世界の神様たちも怒り心頭。これ以上召喚できないよう、神様たちは協力して魔法陣の模様や文字をこの世界の人たちが読めないものに変えたり、膨大な魔力がなければ召喚魔法が発動しないようにしたりしたそうだ。

――それこそ、複数の神様が手助けしなければならないほどに。

その後神様たちは、彼らのせいであちこちに空《あ》いてしまった次元の穴を塞《ふさ》いでいったという。

だけど最後のひとつはとても大きな穴で、それを一生懸命塞《ふさ》いでいるときにアントス様の髪留めが地球に落ちてしまった。

それを拾おうとアントス様が手を伸ばしたところ、私が彼の腕に蹴躓《けつまず》いて次元の穴に落っこち、この世界に来てしまったということらしい。

「……」

「誠に申し訳ありません！　いつもなら髪留めが落ちることはないんですが……」

ぺこぺことコメツキバッタのように謝るアントス様を横目で見ながら、ツクヨミ様は青筋を立てて溜息をついている。

実は他の神様――特に日本の神様の一柱であるアマテラス様が激怒していて、速攻でアントス様を連れて私のところへ来ると仰《おっしゃ》ったそうなんだけど、他の神様たちが押しとどめ、結局くじ引きで選ばれたツクヨミ様がいらしたという。

……なんでくじ引き？

日本の神様たちを敬愛しているだけに微妙に残念感を持った。口には出さなかったけど、どうもツクヨミ様には私の思考が伝わってるというか駄々漏れっぽくて、苦笑される。

「事情はわかりました。それで……日本に帰ることは……」

「申し訳ないんですが、できないんです……」

項垂《うなだ》れるアントス様に代わり、ツクヨミ様が口を開く。

「上から下に落ちるのは容易《たやす》いけれど、下から上に上がるのは大変でしょう？　それと同じで、この世界に限らず、他の世界から元の世界に戻るのは難しい。なので、貴女を帰すこともできないのです」

「神々《われわれ》にもルールがあって、勝手に人を転移させるわけにはいかないんです。方法がないわけではないのですが、そもそも僕のうっかりミスで落ちてきてしまった貴女は、僕の世界の住人に転生したという扱いになるので、元の世界にはもう戻れる器《うつわ》がなくなっていて……」

「そんな！」

まさかの状況に泣きたくなる。神様のせいなんだから、当然帰れるものと思っていたのだ。

ああ、だからアマテラス様が激怒したり、ツクヨミ様や他の神様たちも怒っていらっしゃったのか……。目の前が真っ暗になるのを感じながら、どこか遠くの出来事のように思う。

そんな私の肩を、ツクヨミ様が支えてくださった。

それだけではなく、私が落ち着けるよう背中を撫《な》でてくださる。

日本の超有名な神様にそうされたら、凄く嬉しいよね。

その気持ちが伝わったんだろう……ツクヨミ様は嬉しそうに破顔した。

「ご家族には申し訳なく思いますが……」

アントス様はなおも申し訳なさそうに項垂《うなだ》れながら言う。

「私は孤児で、家族と呼べる人が一人もいないので、そこは大丈夫です。だけど、なにも知らない世界で一人で生きていけるかどうか……」

「そうでしたか……すみません。では、この世界についてはこれから説明します。そして、そこで貴女が不自由なく生きていけるよう、技能を授けましょう」

それからアントス様は、まずはこの世界のことを教えてくれた。

この世界はゼーバルシュといい、魔物が跋扈《ばっこ》する剣と魔法の世界だという。

太陽と月がふたつずつあり、四週で一ヶ月、十三ヶ月で一年になる。

魔力や身体能力は、一部の貴族や王族を除いて、人族、エルフ族とドワーフ族、獣人族とドラゴン族という順で高くなり、もっとも高い魔力を持つ魔神族は神様の眷属《けんぞく》扱いになっているそうだ。

ゼーバルシュには大陸が五つあり、それぞれの大陸の人々はあちこち移動して、交流しているんだって。

基本的にどの大陸の人々も穏やかで平和に暮らしているが、異世界人を召喚しまくっていた人族の国がある北の大陸だけは、盗賊《とうぞく》が多いという。

なので、ドラゴン族や魔神族が多くいる、治安のいい大陸に移動したほうがいいと言われてしまった。

「そんなことを言われても、お金や旅に適した道具や服などもないですし……。それに、治安のいいところに行ったからといって生活できる自信は……」

「それは僕がなんとかするよ。またあとで話し合うとして……ここに来てから、なにか変わったことはあった？」

話しているうちに、口調がくだけてきたアントス様。きっとこっちが素なのだろう。

「えっと……あ、そういえば、ミントを見ていたら目の前に説明が浮かんだんですけど、どういう原理なんですか？」

さっき起こったことを説明すると、二柱の神様に驚かれた。

これは、この世界にあるスキルという能力の一種だそうで、【アナライズ】というらしい。いわゆる鑑定系のスキルなのだとか。

どうやら私がこの世界に来た時点で勝手に与えられたようだが、本来スキルが自動的に付与されることはないそうだ。

それからツクヨミ様とアントス様は、他にもなにか変化がないか調べると言って、私の頭からつま先までまじまじと見つめる。

「……」

「あー……なるほど。魔力が桁違《けたちが》いのようだね、君は。魔力の上限が魔神族の上位貴族や王族並みにある。しかも僕の影響《せい》なのか、種族が魔神族と人族のハーフになってしまっているよ」

「は……？」

「やっぱり、魔神族かドラゴン族が多くいる大陸に行ったほうがいいよ、早急にね」

その大陸まで送ってあげると言ったアントス様に、私は混乱しつつも頷《うなず》いた。

だけどその前に、これは……怒っていいかな？　いいよね？

うっかりミスでいきなり異世界に連れてこられて、帰れないからここで暮らせって……

いくらなんでも理不尽すぎる。

一旦鎮《しず》まった怒りが再び湧き上がってくるのがわかった。

そんな私の気持ちが読み取れるのか、ツクヨミ様はとても楽しそうな顔をしている。

「アントス様、一回殴らせてくれませんか？」

「え!?　いやいや、それは……!!」

「いいじゃないですか、貴方のせいなんですから！」

逃げようとするアントス様ににじり寄ると、ツクヨミ様がにこりと笑った。

「手伝いますよ」

「ありがとうございます、ツクヨミ様！　では！」

「ツクヨミ様、酷《ひど》いです！　って、いたっ！」

ツクヨミ様がなにかしたのか、アントス様の動きがぴたりと止まる。

これ幸いと、私はアントス様の頬を思いっきりバチーン！　と一発、叩《はた》かせていただきました！

一応気はすんだので、もう一度椅子に座りなおし、お茶とお菓子をいただきながら生活するのに必要なものや技能について話し合った。

最初にアントス様が、私の適性職業を調べてくれる。

「へぇ……君には薬師の適性があるんだね。だったら、薬師として生きていくといいんじゃないかな」

「薬師……ですか？　どんなことをするんですか？」

「怪我や魔法による状態異常を治すポーションを作る職業だよ。ポーションは冒険者や騎士が使うことが多いんだ。他にも君には商人の適性があるね。でも、この世界には薬師がほとんどいないから、薬師になってくれるとありがたいんだけど……どうかな」

二柱の神様によると、私に薬師の適性があるのは、植物やスパイスなどの知識があったからではないかということだ。

そして商人の適性があったのは、簿記《ぼき》の資格を持っているからだろう。

まあ今のところ、薬師をやるのに簿記《ぼき》の知識が役に立つかどうかはわからないけど、まったくないよりはいいに違いない。

頭がよくない私が商人になる自信はないけど、薬師ならできそうだ。作ったポーションは自分のお店で売る以外にギルドに売ってもいいみたいだし、なにより面白そう！　とちょっと興奮する。

だけど、私にできるのかな？

そこが不安でしょうがない。

「覚えが悪い私でも作れますか？　あと、レシピは存在しますか？」

「大丈夫。レシピもあるよ。あとでその機械――スマホだっけ？　それに入れておくから。なんでも検索できるようにしておくね」

薬師の知識は体に染《し》み込ませるような感じで授けてくれるらしい。

それだけでなく、スマホにも同じ知識を入れて、ポーションのレシピ以外にも、料理やこの世界のことも検索できるようにしてくれるという。

おお、それは凄いしありがたい！

「私でも、薬師としてやっていけますか？」

「大丈夫だよ。それに僕としても、薬師がいてくれると本当に助かるんだ」

私でも大丈夫だと、アントス様とツクヨミ様も、笑顔で頷《うなず》いてくれる。

それだったらやってみようかな……。

自活するためにも、なにかの職業に就いていていたほうがいいだろうし。

…………よし、決めた！

私、薬師になる！

「わかりました！　薬師になります！」

「ありがとう！　じゃあ、さっそくで悪いけど、練習でポーションを作ってみようか」

「はい⁉」

練習とはいえ、いきなりポーション作りって、どういうことかな⁉

突然のことに驚くものの、必要なことだからと言われてしまうと頷《うなず》くしかない。

それに、実はどうやってポーションを作るのか、興味もあったんだよね。

まずは私の体に知識を染《し》み込ませるアントス様。

なんだかムズムズしたけど、そこは我慢した。

それが終わると、不思議なことに、ポーションをどうやって作るのかわかった。

そのあとアントス様が必要な薬草や材料をたくさん用意してくれて、もっとも基本的なポーションを作ることに。材料を乳鉢《にゅうばち》で潰したり、薬草から液体を抽出《ちゅうしゅつ》したり、魔力で混ぜ合わせるなどの作業をさせられた。

私に指示を出しながら、アントス様は簡単そうにポーションを作っていく。だけどやってみたらとっても大変なのがわかった。

これ、本当に私でも大丈夫なのかなあ……って不安になってくる。

砂から薬瓶《くすりびん》を作る方法も学び、この世界に出回っている一般的なポーションを一通り作ったあとで、簡単な作り方も教わった。

なんと、材料をひとまとめにし、魔力を注《そそ》ぐだけで作れるという。

「これは本来、十年以上修業した人でなければできない方法だけど、魔力をたくさん使えばできるんだ」

「この方法でポーションが作れるのは、魔神族だけですか？」

「高い魔力さえあれば全種族ができるよ……たぶん」

「たぶん!?　いい加減ですね……でも、高い魔力があるだけでいいなら、どうして魔神族は薬師にならないんですか？」

魔力が多いなら、魔神族が薬師になればいいと思う。だけど、アントス様が話したことは、なんというか……非常に残念な話だった。

「だって、魔力が高い三種族にポーションが作れてしまったら、他の種族と差ができすぎてしまうだろう？」

「はい？」

アントス様によると、薬師がいるのは人族、エルフ族、ドワーフ族だけだという。獣人族、ドラゴン族、魔神族は魔力が高いけど、薬師はいないそうだ。

種族間のパワーバランスが崩れてしまうから、魔力の高い三種族は薬師になれないように、神様――アントス様が不器用にしたという。

同じ理由で、繊細な技術を必要とする鍛冶師《かじ》も、この三種族にはいないんだって。けれど鍛冶師《かじ》はともかく、薬師はただでさえ少ない。

彼らがいなくなってしまったらポーションが足りなくなって、冒険者や騎士たちは魔物と対峙《たいじ》できなくなる。すると魔物が徐々に増えていき、やがて大暴走――モンスター・スタンピードが起こってしまう。

スタンピードとは、すべてをめちゃくちゃにする恐ろしい現象だそうだ。日本でいうところの津波や雪崩《なだれ》、土砂崩《どしゃくず》れのようなもの。

暴走した魔物たちは地上のすべてを呑み込んで、残るのは瓦礫《がれき》の山と、穢《けが》れた土地だけ。穢《けが》れた土地が自然に浄化されるまで何十年とかかるし、穢《けが》れを祓《はら》える聖職者もたくさんいるわけではないそうだ。

そんな災害を起こさせないためには、薬師のポーションが不可欠。

だからこそ、魔力の高い三種族は薬師のいる他種族を尊重し、決して彼らを力で従わせることはない。

危険な世界で生きていかなくてはならないことを改めて実感し、恐ろしくなった。

そして、薬師が必要だと言ったアントス様の言葉の意味もわかった。

「私に薬師が務まるかどうかわかりませんけど、頑張ります」

「うん、君なら大丈夫だよ。じゃあ、魔力で作る方法をやってみようか」

にっこりと笑ったアントス様に、私の顔が引きつるのがわかる。

この特訓が終わらないと、ずっとここから出られないよなあ……なんて若干遠い目をしつつ、教わった通りにやってみる。すると思っていた以上に簡単にできてしまった。

おおう……今まで地道に薬草をすり潰してきた時間はいったいなんだったんだ!?　っていうくらい、すっごく簡単だったよ……

「え？　なんで……？」

「魔神族には桁違《けたちが》いの魔力があるからね。他の種族にも同じことができる人はいるけどもっと時間がかかるし、作れる本数も少ないんだ。パワーバランスが崩れると言った意味がわかるでしょう？」

「な、なるほど……」

こんなに簡単に、そしていきなり大量に作れるのであれば、アントス様の言葉にも頷《うなず》ける。

これで一通りのことは教えてもらった。

だけど、本当にこれでいいのか不安になってしまったので、アントス様にお願いし、自分の不安が取り除けるまでポーションを作った。

何回も作って、その結果二柱の神様が「大丈夫」と言ってくれる。そのおかげで、自信が持てるようになったのは嬉しかった。

その後、休憩を挟んで中級や上級ポーションも作らされたのには驚いたけど、必要なことだからと一生懸命特訓した。

それが終わると、神様たちからこの世界で生きていくための常識を教えてもらい、最後にいろいろなものをいただいた。

まず、アントス様からもらったものは、この世界の身分証となる冒険者ギルドのタグと、旅に必要な食材や毛布、お金。

タグはキャッシュカードのような形で角に穴が空《あ》いていて、そこに革紐を通して首にかける仕様になっている。

革紐にはランクの高い魔物の革が使われていて、滅多《めった》に切れないんだって。

次に、この世界で生きていくために必要な知識を授けてもらった。薬師の知識と同じように、体に染《し》み込ませてくれたそうだ。もちろん、スマホにも。

忘れっぽい残念な頭の私にとって、とてもありがたいです。

リュックはこの世界の旅人の基本装備――マジックバッグに変形させ、空間拡張と重量軽減を施《ほどこ》してくれる。そうしてマジックバッグに見せかけた【無限収納《インベントリ》】にし、その中に旅に必要になるものをすべて入れてくれたのだ。

入れてもらったものの中で一番驚いたのは、掌《てのひら》サイズの小さい家だった。

「これは？」

「この世界のダンジョンから出てくる家でね、【家《ハウス》】というんだ。普段はマジックバッグなどにしまっておいて、使うときは地面に置くだけでいい。初心者が入るダンジョンからも出てくることがあるから、持っていても怪しまれないと思う」

「ダンジョンがあるんですか？」

「うん。薬草は森や草原だけじゃなく、ダンジョンでも採れる。むしろ、ダンジョンのほうが採れる種類は多いんだ。特に中級や上級ポーションの材料は、中級や上級ダンジョンで採れるから、覚えておいてね」

「そうなんですね。覚えておきます」

ポーションを売るとなると、薬草は絶対に必要になってくるしね。

「この世界にはダンジョンに潜《もぐ》ってその中で採れたものを売ったり、装備したりしている人がいるよ。それが冒険者や騎士だね。ダンジョンから出るもののひとつがこの【家《ハウス》】で、出る数は少ないけど初級から上級まで、どこのダンジョンに行っても見つかる。もちろん、ダンジョンによって【家《ハウス》】の仕様は変わるけどね」

「へえ……。凄いんですねぇ」

「だろう？　森や草原、ダンジョンの中でも使えるよ」

それからアントス様は、【家《ハウス》】の使い方を説明してくれた。【家《ハウス》】は、地面に置いて屋根にある煙突《えんとつ》部分を触ってから二メートルほど離れると、勝手に大きくなるという。戻すときはどこでもいいから触って「戻れ」と念じると、小さくなるんだとか。

おお、それは便利だね。

ただしこの【家《ハウス》】、最初はキッチンやトイレ、暖炉《だんろ》やお風呂以外は中になにも入っていないので、自分で家具を揃《そろ》え、内装を整えなければならないんだそうだ。

だけどお詫《わ》びだからと、アントス様はこの【家《ハウス》】を、私が思うような家になる特別仕様にしてくれたらしい。

意味がわからなかったから詳しく聞いたところ、たとえば、私が暖炉《だんろ》付きでベッドが大きい家がいいと思いながら煙突《えんとつ》を触ると、中がそうなるようになっているという。

もちろん、ベッドや布団、服がしまえる箪笥《たんす》やクローゼット付き。

「テント」と念じると、テントだけでなく、ランタンやこの世界の寝袋がセットで出てくるそうだ。

おお、思っていた以上に便利だ！

誰かを招待することもできるし、その人の寝室も……と考えながら触ると部屋が増える。

しかも、悪《あ》しき心を持つ者――たとえば盗賊《とうぞく》や人を襲うような凶暴な魔物からは見えなくなるし、侵入できない仕様になっているっていうんだから驚いた。

これなら宿に泊まれなかったとしても、森や草原で生活できそうだ。それに、【家《ハウス》】を店舗にしてポーションの移動販売をしてもよさそう！

ちなみに【家《ハウス》】はギルドに売ることもできるそうで、たまに盗まれることがあるらしい。

けれど心配は無用。この【家《ハウス》】はアントス様が私の固定名義《バインド》にしてくれたようだった。

そんなものまでくれるなんて、なんて破格な対応なんだろう。まさに『神対応』ってやつだ。

アントス様に感謝だよ、本当に。すっごく嬉しい！

さらにはスマホも少々改造してもらった。

レシピや情報を検索できるだけでなく、スマホに入ったこの世界の情報と【アナライズ】を連動させて、写真を撮るとそこに説明が出るようにしてもらった。

写真付きの図鑑《ずかん》みたいなものだね。

普通に写真も撮れるし、電池も恒久的に使えて充電不要。

スマホは私だけが触れて、私にしか見えない仕様になっていて、もし死んでしまったらアントス様が責任を持って回収してくれるとのこと。

これは、スマホにこの世界にはない技術が詰め込まれているからだそうだ。

たしかに、小さな基盤だっけ？　そんなものを作るのは大変だもんね。道具があるとも思えないし。

それから、私が着ていた服をこの世界仕様にしてもらう。

コートは風雨避けのフード付き外套《がいとう》になって、長さはお尻までだったものが、足首あたりまでになった。

でも、マントのように裾《すそ》が広がっているからなのか歩きやすい。

服装は、形は違うけど、フィンランドの民族衣装に近い。

靴は足首よりちょっと長めの編み上げショートブーツ。

スカートは膝丈《ひざたけ》より長めで、裾《すそ》はフレアスカートみたいにふんわりとしている。

穿《は》いていたストッキングはスパッツみたいな下穿《したば》きになり、シャツはお尻が隠れるくらいの長さのチュニックに。

その上に、裾《すそ》に大きなポケットが付いたベストを着ている。丈は腰よりも少し長めだ。

これはこの世界の庶民の女性が着る一般的な服装だそうで、旅仕様の丈夫な布が使われているとのこと。

それと似たものをもう二組と下着やタオルなどもセットで用意してくれた。

すべての服や靴、外套《がいとう》には神様たちの加護が付与されているそうだ。

耐熱と耐寒、防御力が半端なく高く、常に快適な温度が保たれるし、ちょっとやそっとじゃ斬れないようになっているという。

強度はこの世界で皮膚が一番硬いドラゴン族以上なんだとか。

さすがにそこまでしなくてもいいって言ったんだけど、薬師専用の防具はないし、元がこの世界の住人ではないうえ、私の身体能力が低いことも指摘されてしまった。

安全に旅をするためには、装備が必要だと考えてくださったらしい。

本当に申し訳ないなあ。

最後に日本の神様たちからだと、ツクヨミ様から御守りをいただいてしまった。

どうやら私の両親やご先祖様は代々神主《かんぬし》をしていた家系らしく、それはもう日本の神様をとても大事にしていたそうだ。

神社で祀《まつ》っていない神様にも日々感謝を捧げていたらしく、そのお礼も兼ねているのだとか。

そして、ツクヨミ様から衝撃の事実が告げられた。

なんと、私の守護をしている人の能力がちょっとだけ高すぎて、無意識に他の人の守護者を威圧していたらしい。

だから施設にいたときも、私の守護者が相手の守護者を怯《おび》えさせて、誰も私を引き取らなかったのだそうだ。

ツクヨミ様は両親に関しても教えてくれた。私の両親は事故で亡くなったらしく、これまた守護者のせいでどっちの親戚にも引き取ってもらえなかったそうだ。

今さらそんなことを言われても……と凹《へこ》んだけど、守護者のおかげで風邪すらひかない健康優良児でいられたそうだから、そこは感謝しておく。

今も私の背後で守護しているらしいが、この世界の人を守護している人は、私の守護者と同等かそれ以上の力を持っているそうだから、今までみたいなことはなくなるだろうと二柱の神様に言われた。

そんな話をしたあと、アントス様は再び「申し訳ありませんでした」と謝罪してから、この世界で一番大きな中央の大陸にある、魔神族が治める国の国境近くまで送ってくれた。

神様の力で瞬間移動したので、あっという間だったよ……旅を楽しむとか情緒《じょうちょ》なんてものはない。

少しくらい、異世界の旅を満喫《まんきつ》させてくれたっていいじゃないか！

ま、まあ、これからでもできるんだけどさ。

だけど、やっぱり納得がいかない。

「うー……本当に大丈夫なのかな……」

アントス様と別れた私は不安で内心ドキドキしつつ、ここまで旅をしてきた体《てい》を装《よそお》って魔神族の国に近づく。

目の前には石造りの大きな門と門番が何人かいて、その前には尻尾《しっぽ》や翼がある人など、たくさんの見慣れない人が並んでいた。

どうか、何事もなく通り抜けられますように……と願い、列に並ぶ。

不審者に見られないかなあ……

そんなことをあれこれと思っているうちに順番が来る。

アントス様にもらったギルドタグを、若干震える手で差し出して門番に見せた。

それを確認した門番がにっこり笑ってくれたので、ホッとする。

「はい、大丈夫です。次にこの丸い石に手を置いて」

「はい」

門番に示されたのは、丸くて白っぽい石だった。それに手をのせると、石は青く光を放つ。

【白水晶】
犯罪者を見分ける水晶玉
青は犯罪歴なし、黄は犯罪歴あり（改心済み）、赤は犯罪者を示す

石を見つめていたら、そんな言葉が頭に浮かんだ。

「はい、大丈夫。通ってよし。アイデクセ国にようこそ。よい旅を」

「ありがとうございます」

その言葉に胸を撫《な》で下ろし、返事をして門を通り抜ける。

ひとまず魔神族が治める国のひとつ――アイデクセ国に入国することができた。

ここはまだ国境に近いから危険だけど、王都に近くなるほど治安がよくなるとアントス様から聞いているので、そこを目指すことにする。

そうやって旅をしてみて、途中にいい感じの町があればそこに住んでもいいかも。

薬師になってポーションを売ると決めたからには、少しずつ薬草採取をしながら歩こう。

途中で薬草を採ったり休憩したりしつつ、一本道の街道をてくてく歩くこと一時間半。

ちょっと大きめの町が見えてきた。

スマホ情報によるとここはタンネという町で、初級と中級のダンジョンがあるらしい。

ダンジョンに潜《もぐ》ることも、ポーションを作って売るためには必要になるだろう。だけどまだどこに定住するか決めていないので、そこは後回しかなあ?

この町に住むかどうかは、町の雰囲気を見て決めるつもりでいる。

町の入口でギルドタグを見せて例の白水晶に触り、中へと入る。

そこには、いろんな人たちがいた。

腰に剣をぶら下げ、胸だけを覆《おお》っている革鎧《かわよろい》や金属鎧《よろい》みたいなのを着ている人や、ローブ姿の人。

中には全身を鎧《よろい》で覆《おお》っている人もいる。たしかあれは、プレートアーマーだったかな？

もちろん、私と同じような普通の格好をした人も歩いていたよ。

買い物でもしたのか、籠《かご》みたいなものを持っている人もいた。

髪の色も実にカラフルで、異世界なんだなあ……としみじみしてしまう。

逆に黒髪の人はほとんどおらず、なんとなく私は注目を浴びている気がした。

女性は身長が百六十五センチある私よりもさらに高くてほっそりしていて、男性も長身で体格のいい人が多かった。

たぶんだけど、男性は低くても二メートルを軽く超えていると思うし、女性も二メートル近い感じがする。

ううん、男女とも、もっとあるかもしれない。

それに、耳も尖《とが》っていたり、角や獣耳《けものみみ》、尻尾《しっぽ》が生《は》えている人もいる。

ファンタジーだなあ……なんて考えながら、まずはギルドに行く。

アントス様からもらった情報によると、この町にあるのはいわゆる冒険者ギルドってやつで、ここで薬草や薬を買い取ってくれるそうだ。

他にも商人ギルドというのがあって、ポーションはそこでも買ってくれるらしい。

薬草類も、冒険者ギルドや商人ギルドで買えるんだそうだ。

もしポーションを売って生活するようになったら、確実にお世話になるよね。

今はそんなところに用事なんてないんだけど、アントス様と一緒に作ったポーションがいったいいくらするのか、値段を知っておきたかったのだ。

ギルドに入って案内板を見ながら、『買取』と書かれた場所に行く。

文字はアントス様の力で一発で覚えられたよ……書けるかどうかはわかんないけどね。

ギルドの中には、買取カウンターに並んでいる数人以外ほとんど人がおらず、そこから買取表の値段をじっくり見ることができた。

それによると、ポーションの売価はひとつ大銅貨三枚――つまり三百エンからで、品質がいいと値段が高くなるみたい。

他にも、毒を消すポイズンポーションや麻痺《まひ》を治すパラライズポーションなどの値段も書いてあった。

ちなみに、この世界の通貨はエンというそうだ。

物価はこの世界のほうが日本より安いみたいだけど、呼び方が同じで助かる。

ただ、紙幣《しへい》はなく硬貨だけだそうだ。

貨幣《かへい》を無理矢理日本円に換算するなら、銅貨が十円、大銅貨が百円、銀貨が千円、大銀貨が一万円、金貨が十万円。

金貨の上には百万円の大金貨、一千万円の白金貨と続くけど、そういうのは大商人や貴族、国などが持つ貨幣《かへい》だそうだ。

ポーションを売るようになったらわかんないけど、それでも縁はないだろうなあ……エンだけに。

閑話休題《それはともかく》。

今私が持っているのは、傷を治すポーションと毒を消すポイズンポーション、麻痺《まひ》を治すパラライズポーションだ。

これらはアントス様に教わりながら作ったもので、どれも十本ずつある。

もっとたくさんの数と種類を作ったけど、今のところ必要ないからと、残りはアントス様に買い取ってもらったのだ。

だから手元にお金はあるんだよね。そこは本当に助かる。

そんなことを考えながら、何気なく自分が作ったポーションを見てみると……

【ポーション】レベル3
傷を治す薬
患部にかけたり飲んだりすることで治療できる
適正買取価格：五百エン
適正販売価格：千エン

これって、この値段で買い取ってもらえるってことだろうか。

だとしたら、買取表に書いてある価格よりも高くなるってこと？

レベルは5が一番高いはずだから、普通のものよりレベルも高めだし……

期待が膨《ふく》らみ、内心でホクホクしてたんだけど……

「いらっしゃいませ」

順番が来たので、試しにポーションだけを三本、カウンターに出す。

「すみません、ポーションを売りたいんです」

「ありがとうございます。では、査定させていただきます」

カウンターにいたのは四十代くらいの、茶髪の男性だった。

ポーションを見てにっこり笑ったけど、私の黒髪を見て一瞬嫌悪《けんお》の表情になった。そのことで内心ムッとする。

「……状態はいいですね。五百……いえ、三百エンでどうでしょうか?」

そう聞かれて、これはダメだと感じた。

隣で別の人のものを査定していた職員が驚いた顔をしたあと、眉間に皺《しわ》を寄せていたのだから。

ああ、そういうことかと納得した。

きっと【アナライズ】で見られる適正価格は正しい。この値段で商品を売買することが基本なのだ。

それがわかったことだし、髪を見ただけで適正価格より低い値をつけられるのなら、ここで売る必要はない。

なので、カウンターに置かれたポーションをさっさと手元に寄せ、男性職員が持っていたものも返してもらうと、全部リュックの中へとしまう。

その途端、男性と隣にいた職員が慌てた。

「お、お客様!?」

「ここでは売りません」

「え？」

「だってそうでしょう？　私の髪を見て顔をしかめたし、しかも適正価格より低い値を提示したんですから」

そう指摘すると男性は微妙に青ざめ、隣にいた職員は眉間に皺《しわ》を寄せる。

すべての価格を低くしているわけじゃないと思う。

だけど、たった一度でもそういうことが露見《ろけん》してしまうと、一緒に働く他の職員まで疑われるし、今まできちんと査定してきた別の職員の実績が台なしになってしまう。

責任者ってギルドマスターだったかな？

その人は知ってるのかな、このことを。

もし知っていて放置しているならここはダメなギルドだし、この人がずっと誤魔化《ごまか》してきたのなら、彼は相当狡猾《こうかつ》な人だということだ。

どちらにしても嫌だよ、そんなギルドにポーションを売るなんて。

髪を見て値段を言い換えるとか、失礼じゃないか。

ここでポーションを売るのは危ない感じだし、別の町に行こう。

それでもダメなら、他の国に行ってもいいしね。

「ほ、他の商店などに売ったりは……」

「この町では売りません。ダンジョンがあると聞きましたし、ここなら需要があると思っていました。だけど、ギルド職員がそのような態度なんです。他の商店などは違うと言い切れるんですか？」

「そ、それは……」

職員は言い淀《よど》み、周囲の冒険者は動揺する。その態度だけで、なんとなくわかってしまった――他にも同じような態度を取る店があるということが。

下手したらギルドマスターもグルかも知れないし、買い物すらできないかも……

やっぱりさっさとこの町を離れよう。

「お時間を取っていただき、ありがとうございました。それでは」

「あっ、お、お待ちください！　今度こそ、適正に査定させていただきますから！」

「お断りします」

「……っ」

「この件に関して、しっかりとギルドマスターにお伝えください」

「か、かしこまりました」

踵《きびす》を返すとまた呼び止められたけど、それをきっぱり無視して足早にギルドを出てフードを深く被る。

ギルド職員でさえ髪色を見て態度を変えたのだ。この黒髪は隠しておいたほうが安全だろう。

まさか、こんなあからさまに差別されるとは思ってもみなかった。

ムカつくのと悔しいのとで涙が出そうだったけどぐっと我慢し、歩きながら他の商店のウィンドウに貼られている買取表を見て、スマホで写真に撮った。

あとで整理してもっと勉強しよう。

町を歩いていると、露店でものを販売している人もいて、ギルドに頼らず自分でこうやって売るのはありかもと考えた。

どうすればいいかは、スマホで検索すればわかるだろうしね。

そこでさっそく、ちょっとわき道に入って検索してみる。すると町によって細かい決まりが違うので、詳しくは商人ギルドで聞けばいいと書かれていた。

「商人ギルドねぇ。どんなところなんだろう？　冒険者ギルドとどう違うのかな？」

それも検索してみると、露店を含めた店を持つ人用のギルドで、店で使う材料の仕入れを仲介してくれるそうだ。

他にも、瓶《びん》を作る材料である砂のように、大量に必要となる材料の発注を受けてくれたり、冒険者に依頼してダンジョン産のものを仕入れてくれたりもするみたい。

土地や建物の管理、販売もやっているようだ。

この世界では店を持つことに資格はいらないみたいだし、案外簡単そう。これなら、自分で店を持ってもいいかもしれない。

いきなり建物を借りるのはリスキーな気がするから、試しに屋台から始めるのもありだよね。

とはいえ露店や店を開くにしても、この町では出したくない。定住先を決めたら商人ギルドで聞いてみよう。

アントス様のスマホ情報によると、タンネの町から王都まで馬か馬車で三日から四日かかるらしい。

その間にも大小いくつかの町があるようなので、きっとどこかでいい定住先が見つかるだろう。

これから何日も旅をするとなると、アントス様にもらった食材だけでは絶対に足りない。なので、まずは大量の食材を買うことにした。

【無限収納《インベントリ》】だからね〜、私のリュックは。この中に入れておけば時間が経過しないので腐る心配はないし、好きなものを好きなだけ買っても大丈夫。

食べ物のことを考えていると、お腹が空《す》いてきた。

決めたからには即行動！

まずはご飯を食べようと、途中で飲み物と食べ物を買い、周囲の真似をして食べ歩きをする。

紅茶とロック鳥という魔物の串焼きを買ったんだけど、串焼きは塩加減がいい塩梅《あんばい》で美味《おい》しい！

ハーブの味もするから、もしかしたらハーブ塩を使っているか、肉をハーブに漬け込んでいるのかもしれない。

フードを被っていたからなのか、嫌悪《けんお》感を出されることなく普通に買うことができてひと安心。

次に果物や野菜を売っているお店を見つけたので、そこで青いリンゴとバナナを買い、野菜セットも三セット買う。するとおまけでオレンジを二個くれた。

嬉しくてお礼を言ってまた歩き始め、今度はお肉を売っているお店を見つけたので、干し肉とベーコンとチーズ、ホーンラビットとオークのお肉を買った。

ホーンラビットやオークは、この世界にいる魔物と呼ばれる生き物のお肉で、庶民の食卓に上《のぼ》る食材のひとつらしい。

冒険者や騎士が狩って、市場に流しているんだって。

森の中だけではなく、ダンジョンでも狩ることができるんだとか。

もし薬草採取でダンジョンに行くことになったら、狙ってみようかな？　狙って出るのかな？

卵も置いてあったので、それも購入する。

ついでにミルクも三本購入する。

ミルクが入っている瓶《びん》は、中身の時間が経過しない魔法がかけてあるらしく、この瓶《びん》を持っていくと、別のお店でもミルクを入れて売ってくれるらしい。

どの国に行っても、同じ大きさの瓶《びん》が使われているからこそ、できることなんだそうだ。

おお、これはいいことを知った。定住先が決まったら、活用しよう。

まあ、それはそれとして。

そのあとパン屋さんでパン、雑貨屋でハーブと乾燥野菜を数種類に紅茶の茶葉、道具屋で大きさの違う鍋を三つとフライパンをふたつ。

さらに紅茶用のポットに木の食器と木のカップ、スプーンとフォーク、包丁《ほうちょう》とまな板を買い、三十分ほど散策したあとで町を出た。

そしてまた採取と休憩をしながら、一時間ほど歩いたころ。

「やっと見つけた！」

そう声をかけられて振り向くと、全身鎧《よろい》を身につけ、腰に剣を差した体格のいい男性がいた。

黒髪の短髪。声は低めで、渋い感じだ。とある声優さんの声に似ていて私好み。

背中では長いマントが風になびいている。

見た目は三十代前半かなかばといったところか。

男性は私に向かってニカッと笑い、手を上げた。そのうしろには、とても大きな馬のような生き物がいる。

だけど、この世界の馬は地球と同じ四本脚だと、アントス様が授けてくれた知識が教えてくれる。

男性が連れている馬は八本脚で、アントス様の情報によるとスレイプニルという軍馬らしい。

おお……神話の世界の馬がいるとは驚いたよ。まさか実物を見れるなんて！

しかも、綺麗《きれい》な黒毛。

そんなわくわく感を綺麗《きれい》に隠し、男性に向き合う。

「……なにか用ですか？」

「ああ。君の啖呵《たんか》に痺《しび》れてさ！　あのおっさん、以前から価格を誤魔化《ごまか》しているって噂になってたんだよ。俺も査定を低く言われたクチだから、きみの言葉が嬉しくて」

「そうですか」

「あとお願いがあって、できれば俺にポーションを売ってほしいんだ。そのために君を探していた」

スレイプニルを連れているのは凄いなあ……なんて内心で驚いていたら、いきなりそんなことを言われて、もっと驚く。

「えっと……失礼ですけど、冒険者の方ですか？」

「ああ、ごめん。俺は騎士なんだ。これから王都に帰るところなんだが、手元にあるポーションだけじゃ心許なくてなあ……。よかったら売ってくれないか？」

私の服には、アントス様を含めた複数の神様たちの加護がついている。

だからこの服を着ていれば、私に危害を加えようとしている人は私に近づけないし、姿も見えないようになっているとアントス様が言っていたのを思い出す。見えているこの人ならいいかと売ることにした。

もちろん、なにがあるかわからないから、警戒は怠《おこた》らないようにしないとね。

「別にいいですけど……」

そう頷《うなず》くと、こんな往来でのやり取りは目立つからと言われて、街道の途中にある休憩所に移動することに。

歩いていこうとしたら軍馬に乗せてくれるって言ってくれた。それはいいんだけど……

「あの、私は馬に乗ったことがないんです。それに、貴方の馬は嫌がりませんか？」

「ブルルッ」

「大丈夫だって言ってる」

「そうですか。……お馬さん、よろしくね」

「ヒヒーン！」

そっと手を伸ばして私の匂いを嗅《か》がせてから鼻面《はなづら》を撫《な》でると、スレイプニルはひと声鳴いた。

そして黒髪の男性は私を軽々と持ち上げて馬に乗せると、そのうしろにやすやすと跨《また》がった。

「最初はゆっくりと歩かせる。慣れてきたら走らせるが……それでいいか？」

「はい」

軍馬はカッポカッポと足音を響かせて歩いていく。その間、私は馬に乗るコツをレクチャーしてもらう。

軍馬の名前を聞いたら、スヴァルトルだと教えてくれた。

そのとき私たちは今さらながら自己紹介をしていないことに気づいて、お互いに名乗ることになった。

「俺は魔神族のエアハルトという。騎士をしている」

「魔神族で、リンと言います。薬師です」

「へえ！　魔神族の薬師なんて、初めて会ったぞ」

「……そうですか」

本名を名乗ったらダメだと二柱の神様にきつく言われているので、『リン』と名乗った。

この名前は私の愛称で、小学生のときから呼ばれ慣れているから、すぐに反応できるしね。

ギルドタグにも『リン』と記載してもらってあるから、嘘だと言われることはない。……本名を名乗れないことに、罪悪感を覚えるだけで。

そのあと、私は魔神族だけどハーフだと伝えると、驚かれた。

そういった人も中にはいると聞いていたけれど、やはり珍しいものではあるらしい。

少しだけ雑談をしてから、そろそろスヴァルトルを走らせると言われたので、前を向く。

ゆっくりだった動きが徐々に速くなり、景色が流れていく。まるで、電車やバスに乗っているみたいだ。普通の馬よりも明らかに速いと思う。

お腹のあたりにしっかりと彼の腕が回されているからなのか、落ちるという心配や不安はなかった。

私自身も、馬の鞍《くら》に掴まっているしね。

それにしても……逞《たくま》しい腕と大きな手だ。

そして馬を走らせること三十分、街道沿いにある休憩所に着いた。かなり広いスペースが木の柵《さく》で囲まれていて、ベンチやテーブルが置かれている。

お昼時を過ぎているからなのか、誰も休憩している人はいなかった。

馬から下ろしてもらったけど、慣れない乗馬で足腰とお尻が痛い。それを隠して適当な場所に座る。

「ポーションはいくつ必要ですか？」

「リンはいくつ持っているんだ？」

「ポーションとポイズンポーション、パラライズポーションを十本ずつしか持っていないんですけど……」

「へえ……ポイズンやパラライズもあるのか……。それも売ってもらってもいいか？」

「構いません」

三種類もと驚きつつ数を聞き、リュックの中にあるポーションを出す。

ちなみに、ポイズンポーションはポーションよりも高く、私のは販売価格が千二百エンになった。一般的な適正販売価格は、六百五十エンらしい。

【ポイズンポーション】レベル5
毒を消す薬
患部にかけたり飲んだりすることで治療できる
適正買取価格：八百エン
適正販売価格：千二百エン

こんな感じなのだ、私が作ったポイズンポーションは。

おおう、凄いじゃないか、私が作ったポーション類って。一般的なものの、ほぼ倍の値段だよ！

パラライズポーションもポイズンポーションと同じ値段で、売価は千二百エンとなかなかの値段だ。

エアハルトさんも【アナライズ】が使えるようで、売価についてはすんなり決定する。

「へえ……本当にレベルが高いポーションなんだな。これならひと瓶《びん》じゃなく半分以下の使用ですむから助かる」

「お役に立てたならよかったです。じゃあ、私はこれで」

「おいおい。これで、じゃないだろう？　これから歩くにしたって、次の休憩所まで徒歩で行くとなると、夜になっちまうぞ？　しかもその間には村や町もないし野盗も出るし、魔物も活発になるから危険だ」

「え……」

その情報に驚く。まさか、村すらないなんて。アントス様の情報にもそこまで詳しいものはなかった。

アントス様～、そういうのはちゃんと言ってくれないと困るんだけど！

スマホで地図が見れるようにしてもらえばよかったよ……トホホ。

どうしようかと悩んでいると、エアハルトさんが質問してきた。

「リンはどこへ行くつもりだったんだ？」

「別の町か、王都に行こうと思っていました。実は私、定住先を探しているんです。少なくとも、ポーションを適正価格で買ってくれるギルドがあるところを……」

「ああ、それはいい判断だ。タンネの町には魔神族よりも人族のほうが多いから差別が少なからずあって、濃い髪色の人間や獣人たち、ドラゴン族は適正価格で取引できないことのほうが多いんだよ。まあ、そのせいで冒険者が他へ流れて、ダンジョンの攻略が遅れてるんだけどな。ギルマスは悪い奴じゃないんだが、どうにも煮え切らないというか……」

「そうなんですか……」

やっぱり差別があるのかとがっかりしたし、売らなくてよかったと思った。

「どうせ住むなら、王都にするといい。人が多いから価値観も多様だし、差別されることもないだろう」

そんなエアハルトさんの言葉で、私は期待に胸を膨《ふく》らませる。

そこでなら私も住めるだろうし、ポーション屋を開けると思ったからだ。

自活するなら、できるだけ差別がなくて、安全なところのほうが安心だしね。

それに、王都なら材料も集まりそうでしょ？　ポーション屋を開くなら、いい場所だと思った。

そういえば、どうして黒髪が嫌われるのだろう。エアハルトさんに聞いてみたところ、それは魔力が高い人ほど髪の色が濃くなるからだそうだ。

だから一見黒髪に見えても、実際は赤だったり青だったりと、いろんな髪色なんだぞうだ。

主に人族は魔力が高い人を敬遠する。

特に魔神族は全種族の中でも魔力が一番高いため、生まれつき髪の色が濃い人が多い。

それ故《ゆえ》に、魔神族自体が人族から嫌われているらしい。

他にも、ドラゴン族や獣人族も身体能力が高いことから、嫌われたり忌避《きひ》されたりすることが多いんだそうだ。

もちろん、人族が他の種族より劣《おと》っているなんてことはない。

人族であっても、努力すれば魔力は高くなるし、それに応じて髪の色も濃く変化していくので黒髪に見える人もいる。

つまり、完全な偏見というわけ。

「うわ～……くだらないというかなんというか……」

「だろう？　だからリンが落ち込んだりする必要はない」

そんなエアハルトさんの言葉に、なんだか心が軽くなった気がした。

しかも、特に差別的なのは、異世界人を召喚ばかりしていた国の人たちだと聞いて、なんだか納得してしまった。

さっさとこの大陸に送ってもらえてよかった～。

「で、王都まで行くなら、俺が一緒に行ってやるが……どうだ？」

「え……？」

「女の一人旅は大変だし危険だろ？　というか、誰か頼れる人はいないのか？」

「孤児なのでそんな人はいませんし、両親の顔すら知りません」

「悪いことを聞いた……すまなかった」

頭を下げたエアハルトさんに、気にしてませんからと言い、改めて同行をお願いすると喜んでくれた。

心根の悪い人には見えないし、ここまで一緒に来てみた印象から、この人なら大丈夫だろうと思ったのだ。

スヴァルトルも休憩できたし、私たちも休憩できた。

陽が暮れる前に次の休憩地点に行きたいというのでそれに頷《うなず》き、エアハルトさんは軍馬を走らせた。

村と休憩所を通り過ぎ、軍馬で二時間ほど走ると、さっきと同じような場所が見えてきた。

そこには馬車が数台と、騎士や冒険者のような格好をした人たちが複数組いる。

エアハルトさんによると、あの人たちは護衛として商人に雇われている人たちか、他の町に行く冒険者らしい。

この場所に限らず、どこの休憩所にも魔物避けの結界が張ってあって、夜に襲われる心配はないそうだ。

おお、そんな便利なものがあるんだ。魔法がある世界って凄い。

「そうだ、リンはテントを持っているのか？」

「ありますので、心配しないでください」

「そうか、ならよかった」

「あと、見張りはしなくていいんですか？」

休憩所の結界で魔物は防げても、野盗や盗賊《とうぞく》は防げないので、そこはしっかり警戒しないといけない。

「ああ、大丈夫だ。休憩所には馬車や隊商がいるし、他の冒険者もいる。もちろん結界が張ってあるから、魔物のこともそれほど気にしなくていい。ただ、別の意味で自衛は必要だがな」

「ああ……なるほど」

エアハルトさんの、冷ややかで侮蔑《ぶべつ》するような視線に頷《うなず》く。

私たちが入ってきたときから、ギラギラとした、値踏みするようないやらしい視線をいくつも感じていたからだ。絡みつくような視線が鬱陶《うっとう》しい。

まあ、テントの中に入ってファスナーを閉めてしまえば、【家《ハウス》】の結界が発動するようになっているとアントス様に言われているので不安はない。

邪《よこしま》な心を持つ人は結界が弾《はじ》いてくれるし、無理に攻撃するとそれを反射するそうなので、大丈夫だと思う。

「私のテントは特別製なので」

「特別製？」

「ええ」

そんなことを言いながら【家《ハウス》】を出し、それをテントになれと念じながら地面に置くと、私一人なら充分な大きさのテントが出来上がった。

それを見たエアハルトさんが驚いている。

「ああ、特別ってそういうことか。上級ダンジョン産のなんだな」

「そうなんですか？」

「ああ。知らなかったのか？」

「はい。赤ん坊の私が捨てられていた場所に、一緒に置いてあったと聞いているので」

そこまで言えば、私が孤児だということを思い出したのだろう……エアハルトさんが痛ましそうな顔をした。けど、それは見なかったことにする。

同情されても困るし、【家《ハウス》】の入手方法については知らないふりをしたほうがいいと神様たちに言われていたので、そう伝えたのだ。

私はテントのファスナーを開けて中にリュックを置き、【生活魔法】でランタンに火を点《つ》ける。

【アナライズ】同様に【生活魔法】は誰でも使えるスキルだそうなので、使っても怪しまれることはない。これもアントス様から授かったスキルだ。

聞いていた通り、中にはこの世界の寝袋が置いてあった。

寝袋と言いつつも、足や腕を通すところがあって、着たまま歩ける形だ。とてもあったかそうで、寝るのが楽しみ！

それから周囲に転がっている石で簡単な竈《かまど》をふたつ作ると、テントに戻ってリュックの中から鍋やまな板と包丁《ほうちょう》、乾燥野菜と干し肉や、里芋に似たタル芋を出す。

まず、タンネで買ったホーンラビットのお肉をまな板の上に出して、一口大に切ってから塩とスパイスを振りかけて揉《も》み込み、そのまましばらく置いておく。

【生活魔法】で水を出して鍋の中に入れ、その中に皮を剥《む》いて切ったタル芋と乾燥野菜を入れる。

そして干し肉を細かく切り、鍋の中に入れて火にかけた。

魔法って本当に便利だなあ。

「エアハルトさん、スープを作るんですけど、飲みますか？」

「いいのか？」

「はい。ここまで連れてきてくれたお礼です」

「じゃあ、頼む」

わかりましたと返事をして水を足し、乾燥野菜と干し肉を追加で出すためテントへ戻ろうとする。すると、エアハルトさんが自分の持っていた分をくれたので、それを足した。

もうひとつの竈《かまど》にフライパンをのせてバターを溶かし、その中に下味をつけたお肉を入れて焼く。

それから買ったパンを竈《かまど》の側で温め始めたのを見て、エアハルトさんも自分のパンを出して同じように温め始めた。

お肉をひっくり返して焼き色や弾力を確かめ、これなら中まで火が通っているだろうと笑みを浮かべると、エアハルトさんの喉がゴクリと鳴った。

「お肉も食べますか？」

「ああ」

エアハルトさんが即答したことに苦笑し、火加減に気をつけながらスープの味付けをする。

味見をするといい塩梅《あんばい》だったので深皿とプレート、スプーンとフォークを出す。彼も自分の分を出してきたので深皿とプレートだけを受け取り、まずはスープを渡す。

お肉もいい感じに焼けたのでフライパンごと竈《かまど》から下ろし、お肉をお皿にのせてエアハルトさんに渡した。彼が食べ始めるのを見て、私も自分の分をよそう。

ここでは食事の挨拶《あいさつ》はないそうなので、私は心の中でいただきますと言い、食べ始めた。

「うん、美味《うま》い！」

「お口に合ってよかったです」

ニコニコと笑みを浮かべて食べるエアハルトさんにホッと胸を撫《な》で下ろし、パンを半分にちぎる。

一口食べたけど味気なかったから、そこにお肉をのせて食べた。

……うん、このほうがまだマシだ。パンが肉汁を吸って、いい味になってる。

それを見たエアハルトさんが真似をして一口口にすると目を瞠《みは》り、凄い勢いで食べ始めた。

お肉とスープのおかわりをよそって渡すと、満足そうに目を細めるエアハルトさん。

それを見て、私もスープやお肉をおかわりする。それらを食べながら周囲を見回せば、あちこちでテントが張られ、グループごとに食事が始まっていた。

中には女性冒険者も何人かいて、女が私だけじゃないことにホッとする。

エアハルトさんがいるとはいえ、女一人だと心細いし、テントの中に入ってしまえば安心だと言われていても、やっぱり怖い。

夜は冷えるというので竈《かまど》や焚《た》き火はそのままにし、今度は小さい鍋にお湯を沸かし始める。

その間にお皿やフライパンなどを【生活魔法】で綺麗《きれい》にしていると、エアハルトさんが焚《た》き火に薪《まき》をくべてくれていた。

お湯が沸いたのでタンネの町で買った茶葉を出し、それでお茶を淹《い》れる。

疲れが取れるという茶葉だそうで、休憩所のあちこちから同じ香りが漂《ただよ》ってきていた。

「エアハルトさん、カップはありますか？」

「ああ。お茶もくれるのか？」

「もちろん」

私が頷《うなず》くと、エアハルトさんは嬉しそうな顔をしてカップを差し出してきたので、それに入れて渡す。

自分のカップにも入れて一口口に含む。アールグレイのような味がした。

これならミントを浮かべてミントティーにしてもいいかもと、街道沿いで摘《つ》んだミントをリュックから出し、カップに浮かべてみる。

その様子を見たエアハルトさんは不思議そうな顔をした。

「それは、ミントの葉か？」

「そうです。薬草なのは知っていますか？」

「ああ。だが、紅茶に浮かべるのは知らなかった」

「試してみますか？」

「ああ」

頷《うなず》いたのでミントを渡すとそれを浮かべ、恐る恐る飲み始めたエアハルトさん。

私も自分のカップに口をつける。最初はただの紅茶の味だったけど、少しずつミントの香りや味が混じってくると、スーッとした爽《さわ》やかな味に変わった。

これだけで、疲れが取れそうな感じがする。

【ミントティー】

疲れが取れるお茶に、ミントを浮かべたお茶ミントティーを見ていたら、そんな言葉が浮かんで苦笑する。

どうやらエアハルトさんも【アナライズ】を発動したようで、目を瞠《みは》って驚いていた。

明日の朝、時間があったら多めに作って、水筒の中に入れておこうと考える。

それからしばらくお茶を飲んで、鍋が空《から》になったのでしまおうとしたんだけど……

「リン、俺はもう少し起きているから、お茶を作ってくれないか？」

「え……あ、はい。いいですよ」

「助かる」

起きてるって言ってたけど、なにをするんだろう？

そう思って周囲を見ると、各グループにつき一人、または二人が起きていて、他の人はテントで寝ているらしいことに気づいた。

「もしかして、火の番をするんですか？」

「ああ」

「私も交代で起きたほうがいいですか？」

「それは大丈夫だ。初めて馬に乗って疲れただろう？　俺は仕事柄一日くらい寝なくても大丈夫だから。適当に仮眠も取るし、気にするな」

エアハルトさんはそう言ってくれたけど、凄く気になる。

だけど、エアハルトさんの言う通り、今日はいろいろあって私の体はとても疲れているらしく、さっきから眠くて仕方がない。

そう思っていたらついあくびが出てしまい、エアハルトさんに笑われてしまった。

「ははっ！　ほら、眠そうにしてるんだから、寝ろよ」

「じゃあ、お言葉に甘えさせていただきますね。その代わり、今飲んだものじゃなくて、体が温まるお茶を用意しますから」

「体が温まるお茶？」

「はい。ちょっと待ってくださいね」

チャイならスパイスも入っているし、もしかしたらなにかの効果がつくかも。

うしろを向いてこっそりスマホを出し、レシピを検索する。

おお、レシピがあってよかった！

さっそくリュックからスパイスを出して、その通りに作り始めた。

味見をするといい感じになったので、はちみつとミルクを入れる。

そうすれば初めて飲む人でも、飲みやすいと思ったから。

「これは？」

「チャイという、ミルクティーの一種です。スパイスが入っているので独特な味と香りがするし、少し辛《から》いかもしれないんですけど、ミルクとはちみつが入っているので飲みづらくはないと思います」

「へえ……」

私も味見したら、美味《おい》しかった。

日本で飲む味には程遠いけど、それでも私が知っている味に近い。

【チャイ】
スパイスが入っている紅茶
体を温める効果がある
持続時間：一時間

カップに入ったそれを見つめていると、思った通りの説明が出てホッとした。一時間も温かくなる効果がついたんだから、それで充分じゃない？

私の飲みっぷりにエアハルトさんも一口含むと、一瞬目を瞠《みは》ったあと、ゆっくりと飲み始めた。

　どうやら味は大丈夫だったらしい。

　安心したら、またあくびが出てしまって焦る。

「ほら、あくびをしてるんなら寝ろよ。おやすみ、リン」

「わかりました。おやすみなさい」

　チャイを飲んだからなのか体がポカポカするし、今日一日いろいろとあったせいか、眠くてしょうがない。

　テントのファスナーを閉め、ランタンの火を消すと、寝袋に潜《もぐ》り込む。思っていた以上に、寝袋は温かかった。

「神様たち、ありがとうございます」

　ツクヨミ様からいただいた御守りをポケットから出すと握り締め、日本の神様たちに小さな声でお礼を言う。ついでにアントス様にも。

　たしかに理不尽な理由でこの世界に来てしまったけど、一人でも生活できるようにしてくれたり、襲われないようにしたりと配慮してくれたのは、ツクヨミ様やアントス様、そして他の日本の神様たちなのだ。

　だからこそ、感謝を捧げる。

眠りにつく寸前、誰かに頭を撫《な》でられたような気がしたけど、日本の神様の誰かだといいなあ、そんなことないよなあ……なんて思っているうちに、いつの間にか眠ってしまった。


翌日。

テントの中で簡単に身支度を整え、【生活魔法】で水を出して顔を洗う。それからテントのファスナーを開けると、エアハルトさんと目が合った。

外では、昨日ギラギラとしたいやらしい目で私を見ていた男たちが血を流して倒れていて、呻《うめ》いている。

ちょっと驚いたけど見なかったことにして、エアハルトさんに話しかけた。

「おはようございます、エアハルトさん」

「おはよう」

「朝食にスープを作るんですけど、食べますか？」

「ああ、頼む」

一晩中外にいたとは思えないほど、疲れを見せないエアハルトさん。

ぐっすり寝てしまったから、せめてお礼にスープだけでも作ろうと思ったのだ。

「あ、そうだ。チャイ……だったか？　美味《うま》かった。それにずっと体があったかくて、まったく寒くなかったよ」

「それはよかったです！　作った甲斐がありました」

そんな会話をしつつ、小さくなっていた火をもう一度大きくするとふたつの竈《かまど》のひとつに水を入れた鍋をかける。

乾燥野菜と昨日の残りのホーンラビットのお肉を小さく切り、それも一緒に鍋に入れた。

もうひとつの竈《かまど》にフライパンをのせ、ベーコンを少しだけ焼いてから卵をふたつ割って目玉焼きにする。

卵はほんの少しだけ水を入れて蓋《ふた》をし、蒸し焼きに。その間にパンを半分に切って温めておく。

温まったらバターを塗って片方にレタスをのせ、準備完了。

フライパンの蓋《ふた》を開けると目玉焼きがいい具合になっていたので竈《かまど》から下ろし、スープの味を調《ととの》える。

「エアハルトさん、できました。食器をください」

「ああ、ありがとう」

深皿とプレートを預かり、まずは深皿にスープを入れて渡す。

次にパンをプレートにのせてから、ベーコンと目玉焼きをひとつレタスの上にのせ、さらにチーズを目玉焼きの上にのせてからパンで挟む。

お肉はないけど、ベーコンレタスバーガーもどきだ。

ベーコン目玉チーズバーガー、かな？

それをエアハルトさんに渡して先に食べてもらい、自分の分も準備して口に運んだ。

「お、これもいいな！」

本当ならお肉を挟みたいところだけど、どうせならハンバーグにしたいし、そこは落ち着いてからでいいかとやめた。

さすがに外でひき肉をこねようとは思わないよ、私も。

「本当はハンバーグ――お肉を挟むといいんですけど、スープに使ってしまったので、小さいお肉の持ち合わせがなくて」

「なるほどなあ……」

そんな話をしながら、聞きたくはないけど、なぜか大怪我をしてテントの前で転がっていた彼らの話を聞いた。

エアハルトさんによると、この休憩所では昨夜ちょっとした騒ぎがあったらしい。

今ここにいる隊商は王都にもお店がある大きな商家のもので、女性を襲ったり、悪さをすることを嫌うので有名なのだそうだ。

もし雇い主の目の前で非道なことをすれば自分たちの評価を下げる結果となり、即解雇どころか、他の隊商の護衛依頼も受けられなくなってしまう。

そんな厳しい隊商に雇われていたのに、彼らのうちの数人が私や他の女性冒険者を襲おうと考えていたらしい。

それを察した仲間が止めようとして、彼らをパーティーメンバーから追放。すると必死に謝って「二度としない」とすがりつい て……といったやり取りが行《おこな》われていたそうだ。

そんな中、念のためにエアハルトさんが私たちのテントの周囲に結界を張ると、舌打ちが聞こえてきたんだって。

舌打ちしたのは、謝罪していた男たち。それをパーティーリーダーや他の冒険者、雇い主にも見咎《みとが》められて、とうとう本当に解雇されてしまったそうだ。

それに呆れつつ、エアハルトさんが仮眠を取っていたら、ちょっと寝ている間にその男たちは大怪我をしていたんだって。

どうやらエアハルトさんの結界を壊そうとして怪我をした挙《あ》げ句《く》、その怪我を治してから他のパーティーの女性にもちょっかいを出して返り討《う》ちにされたようだ。

聞いていて思ったんだけど……戦える女性に襲いかかるって、お馬鹿としか言いようがない。

自業自得だよね、と冷めた目で不埒《ふらち》な人たちを見たあと、今日の移動予定を話しながらご飯を食べる。

それからミントティーを用意して水筒に入れると、お鍋などを綺麗《きれい》にして、小さい【家《ハウス》】に戻したテントと一緒にリュックに入れる。その間に、エアハルトさんは火の始末をしてくれていた。

ありがとうございます、助かります。

怪我をしていた冒険者をちらりと見ると、誰かが治療したらしく、みんなにペコペコと頭を下げて回っていた。

謝るくらいなら、最初からしなければいいのに。

そのあと、準備が終わった私たちは、彼らを無視してエアハルトさんやスヴァルトルと一緒に休憩所から出た。

途中でミントなど薬草になる植物を見つけたので採取しておく。

ある程度採ったところでエアハルトさんが「馬で移動するぞ」と言ってきたので乗せ

てもらった。

アントス様がくれた服のおかげなのか、寒くも暑くもなく快適だ。

アントス様によると今は初夏。

日本だと五月とか六月くらいかな？

この国は夏でも夜は寒いと言っていたから、もしかしたら標高が高いのかもしれない。

休憩がてら採取をしてお茶を飲む以外、一気に街道を駆けていくスヴァルトル。

軍馬だからなのか他の馬よりも速く、あっという間に他の冒険者たちや隊商などを追い越していった。

休憩中にホーンラビットに襲われたけど、エアハルトさんがあっさり撃退。解体までしてしまった。

「リン。夜はこれで、今朝のようなやつを作ってくれないか？」

「いいですよ」

解体の様子を見てしまったから、本当ならお肉を食べたくなくなるところ。だけど、この世界の住人になったからなのか思っていたほどのショックはなく、そのことにショックを受けていた。

戦えない私はお荷物だろうに、エアハルトさんはそんなことを言ったり態度に出したりすることはなく、逆に「リンの一人や二人、守りながら楽に戦える」と豪快に笑っていた。

うう……役立たずですみません。


そうしてまた軍馬を走らせ、夜に休憩所に到着した。明日には王都に着くとエアハルトさんに言われて驚く。

軍馬だからなのか、検索した日数よりも早く王都に着きそう！

凄いなあ、スレイプニルって。

休憩所では、昨日同様に変な視線が向けられると思って身構えていたら、周囲の人が見ていたのはエアハルトさんのほうだった。

その視線は敵意というより、尊敬とかそういった類《たぐ》いのもので、内心首を捻《ひね》る。

「……エアハルトさんって、人気者なんですね」

「まあ、これでも一応名のある騎士だからな」

「そうなんですね。だから強いんですね」

「俺より強い奴なんてもっといるさ」

「おいおい、それは謙遜《けんそん》が過ぎるってもんだよ、エアハルト」

私たちの会話にいきなり割り込んできた人がいた。

見るとその人もエアハルトさんと同じ格好をしていて、同じように体格がいい。つまり、ガチムチマッチョだ。

実は大好きなんだよね、ガチムチマッチョなおっさんが。

会社員だったころ憧れていた人が、寮の近くにあった駐屯地《ちゅうとんち》の自衛官で、午前中や平日に休みが取れるとそこに出かけ、訓練中の筋肉をじーっと見てた。

それはともかく。

「あの……どちら様ですか？」

私が尋ねると、エアハルトさんが答えてくれる。

「ああ、すまん。こいつは俺の同僚で、ビルベルトという。ビル、彼女の名はリン。薬師だ」

「はじめまして、リンです」

「ビルベルトだ、ビルと呼んでくれ。へえ……薬師なんだ。じゃあ、今、薬を持ってるかい？」

「ありますけど、旅をしてきたので持ち合わせが……」

私が薬師だと言ったのが聞こえたみたいで、あちこちからちらちらと視線が飛んでくる。

だけど今はたいして持ち合わせがないから、売ってくれと言われても困る。

「ああ、そうか、リンの分も必要だもんな。エアハルトと一緒にいるってことは、王都に行くのかい？」

「一応、そのつもりです。できれば王都に住んで、ポーションを売って生活したいんですけど、具体的にはまだどうしていいのかわからなくて……」

「ああ、そこは大丈夫。別にたいした手続きは必要ないしね。まあ、確実に稼ぎたいなら商人ギルドに登録するか、誰かに雇われることをおすすめするよ」

ビルさんの説明に、胸を撫《な》で下ろす。

それから休憩所の端っこのほうに三人で陣取り、ビルさんが竈《かまど》を作って薪《まき》をくべ、エアハルトさんが火を熾《おこ》してくれた。

私はその横でエアハルトさんからお肉を預かり、できるだけ薄めにスライスしてスパイスとハーブを揉《も》み込み、しばらく置いておく。

その間にスープを作る。鍋に水を入れて火にかけ、乾燥野菜とビルさんがくれた干しキノコと干し肉を入れた。

それが終わったらフライパンを火にかけてお肉を入れ、焼いている間にパンをもらって半分に切ると、それを温めておく。

一度まな板を洗って綺麗《きれい》にし、レタスをちぎり、トマトやチーズも切っておく。今回は卵とベーコンはなしにした。

お肉をひっくり返してチーズをのせ、スープの味を調《ととの》えると朝と同じように温まったパンにバターを塗ってレタスをのせる。

「できました。申し訳ないんですけど、スープは自分でよそってくれますか？」

「ああ、構わない」

「美味《おい》しそうだね」

エアハルトさんとビルさんがそんなことを言いながら、スープを深皿によそっている。それを見つつレタスの上にお肉を、その上にトマトとパンをのせると、お皿を二人に渡した。

私も心の中でいただきますをして食べ始める。

食欲はあまりなかったけどお腹は空《す》いていたようで、結局は綺麗《きれい》に食べてしまった。

「リン、食器などは僕たちが洗うよ」

「え、でも……」

「作ってくれたお礼。それくらいはさせて？」

「わかりました。お願いします」

ビルさんがそう言ってくれたのでお願いしたら、二人でさっさと洗ってくれた。

それが終わると、二人は火の番のことを話し始める。

私もやりたいって言ったんだけど、二人で話すことがあるからと言われてしまえば、なにも言えなかった。

素直に頷《うなず》き、昨日と同じようにチャイを淹《い》れる。

それを飲んだらやっぱり疲れていたらしくて眠くなり、二人におやすみなさいと言ってテントの中に入ると、朝までぐっすりと眠った。


翌日、起きて身支度を整えてからテントを出ると、エアハルトさんとビルさんがご飯を作っていた。

「すみません、寝坊しましたか⁉」

「いや、平気だ。今までご飯を作ってくれたから、そのお礼」

「え……でも、食材も提供していただいたし、ここまで連れてきてくださったお礼も兼ねてるし……」

「いいから、いいから。そろそろ出来上がるから、パンと食器を用意して」

ゆっくりしててと言われてしまったら、なにもできない。それに、もう出来上がる直前のようで、手伝えることもない。

しかも、二人とも私よりも手際がいいから、若干凹《へこ》む。

おとなしく食器とパンを用意し、火の側で温める。竈《かまど》ではいつ狩ってきたのかエアハルトさんが見たことのないお肉を焼いていた。

「エアハルトさん、このお肉はなんですか？」

「ブラウンボアだ。ビルがここに来る前に襲われて、仕留めたらしい」

「へえ……！　凄いですね！　食べたことがないので、楽しみです！」

「お。そうか……」

ブラウンボアって、たしかイノシシみたいな姿をした、凶暴な魔物だったよね。

アントス様の情報を思い出しながら、どんな味なのかと期待が高まる。

滅多《めった》に食べられる食材ではないらしい。

ブラウンボアは凶暴なため冒険者じゃないと狩るのが難しく、それなりにお高いお肉でもあるのだ。

ホーンラビットは鶏《とり》の胸肉に似た味や食感だったけど、ブラウンボアは豚肉かイノシシみたいな味がするのかなあ……って勝手に想像する。

お肉は焼き上がるまでもう少しかかると言われたので、二人に断って一度テントの中に入る。

リュックからミントなどの薬草と小瓶《こびん》を十五本出し、それを使ってポーションとポイズンポーション、パラライズポーションを五本ずつ作った。

瓶《びん》はアントス様に教わりながら、一緒に作ったものだ。

材料をまとめて魔力を込めると、薬が出来上がる。これは薬師のスキルのひとつなのだそうだ。

便利だな、スキルって。なんだかゲームや小説みたい。

スキルを使うと魔力が消費され、すり潰すなどの工程をへることなくポーションが作れる。

この方法を教わったのはほんの二日前のことなのに、何年も前のことのように感じるのはなんでだろうね……？

「……よし、できた」

一応【アナライズ】で確認し、前作ったものと同じ情報が出てきたので、それを持ってテントの外に出る。

ビルさんとはここでお別れになるだろうし、お肉のお礼として渡そうと思ったのだ。

「あの、ビルさん。よかったらこれ……」

「なんだい？」

持っていたポーション類を手渡すと、ビルさんはそれをしげしげと見つめ、驚いた顔をして私を見た。

「おい、これ……！」

「ブラウンボアのお礼です」

「いやいや、こんなレベルの高いものもらえないって！　ちゃんと金を払うよ」

「え、でも……」

「リン、もらっておけ。自分のために取っておいた分を出したんだろ？」

エアハルトさんにそう言われたけど、実際は作ったものだ。

だけど今ここで作ったって言うわけにはいかなくて、どう説明しようかと悩んでしまう。

「タダであげて、他の人にも同じことを要求されたら困るだろ？」

重ねてそう言われたら、頷《うなず》くしかなかった。

集《たか》られて困るのは、私だもんね。

ビルさんも【アナライズ】の情報通りの金額をくれて、おまけだよって飴《あめ》の入った瓶《びん》をくれた。

「わ～！　いいんですか？」

「ああ。こういうのも舐めたことないだろう?」

たぶん私が寝ている間に、エアハルトさんから私の境遇を聞いたんだろう。

孤児だから食べたことがないと思われたらしい。

まあ、いいけどね。実際に孤児だったわけだし、この世界の飴《あめ》はまだ食べたことないから。

それに美味《おい》しそうだから、今から舐めるのが楽しみ!

「はい!」

ビルさんがくれた飴《あめ》は瓶《びん》の中に入っていて、綺麗《きれい》な琥珀《こはく》色をしている。

【ハニーキャンディー】
　はちみつを練《ね》って硬くした飴《あめ》
　魔力を若干回復してくれる
　適正販売価格:二千五百エン

【アナライズ】で見た値段に驚く。

数がかなり入ってるからこの値段なんだろうけど、思っていたよりも高い。

まあ、はちみつを買ったとき小さい瓶《びん》で五百エンもしたから、相応の値段なんだろう。

それに、魔力を回復してくれるのは知らなかった。はちみつを買ったとき、そんな情報は書かれていなかったのに。

だから、瓶《びん》の中からひとつだけ取って返そうとしたら、全部あげると言われて驚く。

「い、いいんですか？　こんなに。誰かへのお土産じゃないんですか？」

「昨日のご飯は美味《おい》しかったし、お茶も美味《おい》しかった。飴《あめ》の瓶《びん》はあとふたつあるから大丈夫」

「ありがとうございます！」

「どういたしまして」

頭を下げると、ビルさんに頭を撫《な》でられた。

おーい、私はそんな年齢じゃないよ⁉

たしかにこの世界の住人からしたら、身長は小さいけども！

そんな私たちの様子を見ていたエアハルトさんが、ムッとした顔をしていた。

その態度に首を捻《ひね》りつつも、ご飯ができたと言われたので飴《あめ》をリュックにしまう。

「これはリンの分な」

「ありがとうございます。わ～、美味《おい》しそう！」

「しっかり食って、大きくなれ」

「む〜。お二人からしたら私の体は小さいけど、これでも成人してるんです！」

「「はあっ⁉」」

二人の驚いた様子に、ちょっと凹《へこ》む。

しょうがないじゃないか、元はこの世界の住人じゃないし、小さい種族なんだから——なんてことは言えるはずもなく、孤児だったからだと誤魔化《ごまか》した。

この世界で成人と認められるのは十八歳からで、魔力がある種族ほど長生きだ。

人族の寿命は五百年、エルフ族とドワーフ族は千年、獣人族は二千年、ドラゴン族と魔神族は五千年と、魔力量に比例しているらしい。

うわ〜……ずいぶんと長生きなんだね。

ハーフもそれなりに長生きだけど、親の種族やどっちの親の血が濃いかとか、魔力量によっても生きる年数は違ってくるみたい。

ちなみに私は魔神族のハーフだけど、魔力量が貴族や王族と同じだから、最低でも三千年から四千年は生きるだろうとアントス様に言われた。

うぅ……そんな話なんか聞きたくなかったよ……

ちなみに、ブラウンボアは高級豚肉の味がした。

お肉は柔らかくて、とっても美味《おい》しい！

食事をしながら、エアハルトさんとビルさんは私のこれからについていろいろとアドバイスをしてくれた。

「薬師として働くなら、店を持ったほうがいい。リンのポーションは効果がありすぎるからな」

「そうだね。特に王都周辺には初級や中級だけじゃなく、上級ダンジョンがふたつ、特別ダンジョンがひとつあるから、需要はあると思うよ」

「でもお店を開店するまでの間、どこで生活すればいいですか？　宿屋ではお金が勿体《もったい》ないし、町中に【家《ハウス》】を出すわけにもいかないだろうし。王都では孤児でも土地を買ったり、家を借りたりすることはできますか？　あと、確実に稼ぐためには商人ギルドに登録したほうがいいって言ってましたけど、どうしたらいいですか？」

「冒険者ギルドのタグがあるだろ？　あれさえあればすべてなんとかなると思うよ」

「リン、しばらく俺の家に住めばいい」

アドバイスをくれたビルさんの横で、突然そんなことを言い出したエアハルトさん。

その言葉に、私だけでなくビルさんも驚いていた。

「え？　でも……」

「住む場所や店舗は【家《ハウス》】でどうにでもなるだろうが、土地を買う金はあるのか？　ポーションや瓶《びん》などの材料集めや仕入れはどうするんだ？」

「それは……」

「どのみちいろいろな準備が必要だし、商売の仕方がわからないとなにもできない。そもそも文字は書けるのか？」

話はできるし、文字も一応読める。だけど書けるかどうかは一度も試していないからわからなかった。

簿記《ぼき》の資格を持ってはいるが、ここではなんの役にも立たない気がする。

エアハルトさんに突っ込まれて、だんだん不安になってきた。

「……」

「慌てなくていいんだよ、リン。俺の家でポーションを作りながらそれをギルドに売って、資金を稼げばいい。ついでに文字の勉強もしとけって。教えてやるから、な？」

「……はい」

たしかに今の私には情報があるだけで、わからないことだらけだ。

だったら、文字や商売の勉強をしながら、ゆっくり開店準備に取り組んだほうがいい。

そう考えて頷《うなず》くと、エアハルトさんは満面の笑みを浮かべた。

「お、おい、婚約者の件はいいのかよ?」

「いいんだ。とっくに終わってるしな」

「いつの間に……」

二人がなにか話しているけど、私はこれからのことで頭がいっぱいでまったく聞いていなかった。

ご飯を食べ終えた私はテントを小さな【家《ハウス》】に戻してリュックにしまい、それを背負う。

王都までは、軍馬で一時間ほどで着くそうだ。

どんなところなんだろう……

そう思うとわくわくしてくる。

片づけと準備を終えるとエアハルトさんの馬に乗り、移動を始めた。

第二章　ガウティーノ家での出来事

「うわ～……人がいっぱいいる～！」

王都の東門を無事に通り抜け、エアハルトさんとビルさんとともに三人で歩きながら町を見回す。

そこはタンネの町なんか目じゃないくらいに人が多かった。

屋台があちこちにあってとても活気があるし、そこかしこからいい匂いがしてきて鼻《び》孔《こう》をくすぐる。

現在の時刻はお昼ちょっと前だ。

途中で薬草を採取したり、ホーンラビットやブラウンボアに襲われて撃退したりしていたら、予定より到着が遅くなってしまった。

ちなみにホーンラビットとブラウンボアはその場で解体され、お肉は両方とも私のものになったので、ちょっとホクホクだ。

東門まで歩いて二十分くらいのところで、薬草の種を各種採取できたのも嬉しい。

森まで行かなくてもそこで薬草が採取できるし、採ってきた種で栽培もできるから。

そんなこんなでやってきた王都。ビルさんと別れ、私はこれからエアハルトさんの家に行く。だけどその前に王都を見学したい……。そう言ったら、明日にでも案内してやると言われてしまった。

「どうせなら朝市を見たほうがいい。この時間だともう閉まっているところもあるし、開いていても商品はほとんどないからな」

「なるほど」

「まあ、採った種を先になんとかしたいだろうから、花屋に寄っていくとしようか」

「わ～、助かります！」

歩きながら、エアハルトさんはこの通りにはなにがあるとか、これはどういったお店だとか説明してくれた。

雑貨などが売られている通りにお花屋さんがあり、そこで植木鉢《うえきばち》と、薬草となる植物やハーブ類の種と苗、土や肥料が売られていた。

とりあえず植木鉢《うえきばち》と土と肥料を買って持って帰ろうとしたら、エアハルトさんがお花屋さんにお願いしてくれて、家に届けてもらえることになった。

おおぅ……

宅配サービスでもあるのかな？　あるわけないよね？　エアハルトさんって、いったい何者!?　嫌な予感がするんだけど！

途中で瓶《びん》を売っているお店と瓶《びん》の材料になる砂を売っているところを見つけたので、そこにも寄ってもらった。

お花屋さんと同じように配達を頼もうとしたエアハルトさんだったけど、すぐに必要なものだからと断って私が持って帰るようにした。

私のリュックは【無限収納《インベントリ》】になってる特別製だから問題ないしね～。神様に感謝だよ。

王都の中心地を抜け、人がまばらになってきたところで馬に乗る。ゆっくりと馬を走らせるエアハルトさん。

なんか進むにつれて、一軒一軒のおうちと敷地が大きくなってませんか……!?

ますます嫌な予感がする……と思っていたら、エアハルトさんはある家の門の前で馬の足を止め、門番に開けさせた。

「……」

「ここが俺の家だ」

門のところで下ろされ、スヴァルトルは屋敷のほうからやってきた別の人が連れていった。

「さぁ、行くぞ」

エアハルトさんに促されるままに、一緒に歩く。

ぶっちゃけ、すっごく大きな家だった。

いかにも〝ザ・お屋敷！〟って感じの、すっごく大きな家。お城だと言われても納得する大きさだ。

白い壁に窓がたくさんあって、庭の木々も綺麗《きれい》に整えられている。

三階建てなのかな？

エアハルトさんの提案に頷《うなず》くんじゃなかった……

後悔しているうちに玄関に着いてしまう。そこでは執事服を着た男性が出迎えてくれた。

見た目はエアハルトさんよりも少し年上の、三十代後半か四十代前半くらい。

黒にも見える濃紺《のうこん》の長髪を首のうしろあたりで結わえている。

優しげな風貌《ふうぼう》で、なかなかのイケメンですよ！

「お帰りなさいませ、エアハルト様。そちらはどなたでしょうか？」

「ただいま。俺の客で、リンという。薬師だ。リン、こいつは執事のアレク」

「は、はじめまして。リンと申します」

「いらっしゃいませ、薬師様」

にこやかに言ってくれたけど目が笑ってないし、すっごく警戒されている。

「あの、エアハルトさん。エアハルトさんって、もしかして貴族……とか言いません、よね……？」

「あれ？　言ってなかったか？　俺はエアハルト・リュイン・ガウティーノという。実家は侯爵家だ」

「……っ」

わ～、ファミリーネームとセカンドネームがあったよ！　お貴族様だよ！

しかも侯爵だなんて、高位貴族じゃないか！

冗談抜きに平民の私が関わったらダメなやつだ！

これは早々に商人ギルドに登録して、土地付き店舗住宅を買って、さっさと出ていくに限る！

いや、買った植木鉢《うえきばち》などを受け取ったらさっさと出ていこう。

そして宿を探そう。うん、そうしよう。

こんな分不相応で居心地の悪そうな場所にいたくない。

それに下手にお貴族様に関わって、ごたごたに巻き込まれるのはまっぴらごめんだ。

「あ、あの、エアハルトさんっ」

「ああ、リンは気にするなよ？　うちは貴族だが堅苦しい家じゃないし、孤児やハーフだからと言って蔑《さげす》む奴もいない」

「そういうことじゃなくて！　やっぱ無理ですって！　早々に安い土地か住めるところか宿を探して、ここを出ていきますから！　なければ森の中に入ります。そうすれば【家《ハウス》】を使う場所がありますし！」

実はそんなことをしなくても、すぐに土地を買うくらいのお金はあるんだよね……ポーションを買い取ってくれたお金だけじゃなく、アントス様が山ほど持たせてくれたから。

その総額を聞いたときは震え上がったし、卒倒するかと思ったよ。

日本円でいうなら億単位だよ、億単位。

この世界の小国の国家予算並みにあるって、あり得ないでしょ!?

アントス様は『一生遊んで暮らせるよ！』なんてにこやかに言ってたけど、冗談じゃない。

だけどそんな事情は言えないから、すぐにでも出ていくと言い張る。

「それに、アレクさんも迷惑そうにされてますし……」

「アレク、もしかしてリンが薬師だというのを疑っているのか？」

「そういうわけでは……」

「まあ、疑う気持ちはわかる。魔神族の薬師は、ハーフだろうとなんだろうと聞いたことはないからな。だが、これを見てみろ」

エアハルトさんはそう言って、私が売ったポーションをアレクさんに渡す。するとアレクさんはそれをしげしげと見つめてから目を瞠《みは》り、驚いた顔をして私を見た。

「……これを、こちらのお嬢様がお作りになった、と……？」

「ああ。彼女から買ったものだ。そうだよな、リン」

「そ、そうです。タンネの町で売ろうと思ったんですけど、適正価格より低い値をつけられて売るのをやめました。それをエアハルトさんが見ていたらしくて……公正な値段で買ってくれたんです。あと、ビルベルトさんも――」

「なんと！」

ありのままのことを話したらアレクさんが驚いている。

アレクさんは私の話が真実か確認するようにエアハルトさんを見たけど、彼が頷《うなず》くもんだからもっと驚いていた。

「ちょうど俺も王都に帰るところだったたし、リンも王都に行く途中だと言っていたから連れてきた。住む場所が見つかるまででいいから、滞在させてやってくれ」

「かしこまりました」

これはもう断り切れない流れですよね～。だったら……

「あっ、あのっ！　【家《ハウス》】があるので、庭の隅っこでいいですからっ！」

「そういうわけにはいかんだろうが」

そんなことを言うエアハルトさんだけど、私はポーションを作るところを見られたくない。それに、一人でいるほうが楽だ。

そう伝えたんだけど、ポーションを作るときは仕方ないとしても、それ以外はこの屋敷で生活しろと言われ、アレクさんには部屋まで用意されてしまった。

うう……今すぐ逃げたいよ……

案内されたのは、客室だというとっても豪華な部屋。お茶を用意すると言うので、旅をしてきて埃《ほこり》だらけだからと慌てて止めたら、お風呂を用意してくれた。

しかも、浴槽は部屋についているという。

これだから貴族ってやつは……

まあ、お風呂は嬉しいけどさ。

全身を洗ってあげるとメイド服を着た人に言われたけど、傷があるからと断る。

実際に傷はあるけどただの掠《かす》り傷。

子どものころに木から落ちてできたものだ。

今はもうほとんど消えかけている。

けれどここを逃れる口実にはなる。

それでも洗おうとするから「無理強《じ》いするなら今すぐに出ていきますから」と荷物を持って扉に向かったら、やっと諦《あきら》めてくれた。

もちろん、荷物をすべて持ってお風呂場に入りましたとも。

疑うわけじゃないけど、勝手にあさられても困る。

そんなこんなで全身を洗い、ゆっくり湯船に浸かる。

この世界のお風呂は、日本のものとほとんど同じで助かった。

温まりながら、明日町で服や下着、洗濯用の石鹸《せっけん》などを買い足し、商人ギルドに行って登録。ついでに土地も探してもらおうと決める。

それから着ていた服を簡単に洗って【生活魔法】で乾かし、お風呂を出て別の服に着替える。

できれば本格的に洗濯したいけど、ここではできないので諦《あきら》めた。

部屋に戻ると、エアハルトさんが待っていた。

彼からなにか手渡されてそれを見ると、絵本と紙、えんぴつに近いなにかだった。

え？　えんぴつがあるの⁉

「リン、俺はもうひと仕事あるから、これから出かけなければならない。なにかあったらアレクに言えばいい」

「用事がございましたら、なんなりとお申しつけくださいませ。僭越《せんえつ》ながら、文字の書き方もわたくしがお教えさせていただきます」

「あ、ありがとうございます」

アレクさんは、エアハルトさんから私の身の上話を聞いたらしい。手回しがいいというか、なんというか……

「じゃあ、行ってくる」

私の頭を撫《な》でてから部屋を出ていったエアハルトさん。

だから、そんな歳じゃなーい！

心の中で叫ぶ私に、アレクさんが声をかけてくれる。

「こちらのテーブルをお使いください。今、飲み物を淹《い》れてまいりますので」

「あ、あの、お構いなく！」

「大丈夫でございますよ」

そんな会話をしたあと、アレクさんはにっこりと微笑んで部屋から出ていった。

この部屋には私しかいないはずなのに、どこからか人の気配を感じる。監視されてるみたいで、それがすっごく不愉快だった。

なんでそんなふうに感じるんだろう？

そういえば、さっきいたメイドさんの中に焦点が合わないというか、どこかぼんやりしている人がいて、彼女たちは私を値踏みするような、監視するような目で見てきた。

どういうことなんだろう？

そんなことを考えていると、アレクさんが戻ってきた。

「あの、アレクさん。なんか誰かいるというか、監視されているような、そんな気配がするんですけど……」

「ああ……。それは申し訳ありません。失礼な言い方かもしれませんが、平民がガウティーノ家に客分として迎えられることはほとんどございませんので、みな戸惑っているのです。しかも、エアハルト様のお客様となると……」

「なるほど～」

今は外套《がいとう》を脱いでいるから、平民らしい格好だしね。

だけどそんなに珍しいのかなあ？　ジロジロ見られるのって、なんか嫌だな。

それに平民だからって客を盗み見していいの？

「鬱陶《うっとう》しいかもしれませんが、わたくしと一緒にいる分には大丈夫ですから。申し訳ないのですが、多少の不躾《ぶしつけ》は我慢していただけますか？」

「わかりました」

申し訳なさそうに眉尻を下げたアレクさんに、仕方がないかと頷《うなず》く。たぶん、私が悪さをしないか、気が気じゃないのだろう。

使用人たちの気持ちはわからなくもない。

「では、これを使って文字の書き方を覚えましょう。まず、ペンの持ち方はこうです」

「こう……ですか？」

「ええ。お上手ですよ」

このえんぴつもどきって、ペン扱いなのかあ……と思いつつ、アレクさんに教わった通りに握る。日本にいたときと変わらない握り方だったので助かった。

それから、アレクさんが読んでくれたものを私が復唱し、文字も紙に書いていった。

この世界の孤児が文字を習うのは、たいてい孤児院にいるときだという。

ただ孤児院によっては、わざと教えない悪質なところもあるし、人手が足りなくて教えてあげられないところもあるという。

私の場合はアントス様に直接文字を頭に入れてもらったから、書くこともできるかもしれない。

まずはアレクさんが持ってきてくれた絵本を見ながら、書き方を教わった。

絵本には動物の絵や馬車などの乗り物の絵と文字が書かれている。とてもシンプルでわかりやすいものだった。

あとはお店の名前――たとえばギルドとか、雑貨屋とかがマークと一緒に書かれている本もあった。

それを見ながら文字を書いていく。書き慣れない文字だからすっごい下手。だけど書きたい文字はすぐ頭に浮かんで、書くことはできた。

あとは練習すればいいだけだね。

しばらく練習していると、お花屋さんが来て、植木鉢《うえきばち》などを受け取った。

文字を書けることはわかったからさっそく出かけようとする。けれどアレクさんに見つかってしまい、部屋に連れ戻されてしまった。

「まだお小さいのですから、こんな時間に出かけてはダメです」

「は……？」

……おぉい、私はいったいいくつに見られてるんだろうね？　エアハルトさんは、私が成人しているってことを言わなかったのかな？

仕方がないので、もっと文字の勉強がしたいから集中できる場所はないかとアレクさんに聞く。すると、図書室があるというので連れてきてもらった。

ただ私はこの家の人じゃないからなのか、あるいはそういう決まりなのか、「本の持ち出しは禁止です」と言われた。

ここでお茶が飲めるかどうか聞くと、それは大丈夫とのことだったので、淹《い》れてほしいと頼んだ。

カモフラージュ用に子供向けの本を選びつつ、アレクさんが退室したのを確認して他になにか有用な本がないかじっくりと探す。するとそのとき、また人の気配を感じた。

最初はアレクさんかな、と思ったんだけど、このとき彼はいなかったし、気配は上から感じた。誰かいるのかと見上げるも、そこには天井があるだけだ。

鬱陶《うっとう》しいなあ……と思いながらも、植物図鑑《ずかん》を見つけたので手に取り、エアハルトさんに渡された紙とえんぴつもどきで、植物の絵と特徴をメモし始めた。

勉強になるんだよね、これが。覚えの悪い私にとって、書いて覚えるのが一番。

ただ……いちいち書いたり描いたりするのは面倒だなあ。そういう意味では便利だなあ、図鑑《ずかん》って。

町に売ってるかな。売ってるといいな。

そんなことを考えながらメモをしていたら、そこにお茶を持ってアレクさんが戻ってきた。

「あの、アレクさん、この植物の本って、町でも売っていますか？」

「ええ、ございますよ。ただ、本の類《たぐ》いはとても高いのです。その図鑑《ずかん》ですと、一万エン近くはします」

「そうですか……」

一万エンって、結構高い。日本だとそんなにしないのに。

紙の製法技術や印刷技術はそんなに発達していないのかもしれない。

だけど神様にもらった法外な金額のお金もあるし、エアハルトさんやビルさんが買ってくれたポーションのお金もある。

一応自分で稼いだので、そのお金で買おうと思った。

植物図鑑《ずかん》を元に戻し、子ども向けの本を読もうと思ったんだけど、アレクさんがいなくなった途端にまた誰かの気配を感じて、そんな気は失せてしまった。

ちょっと読むのに飽きてきたし、気分転換も兼ねてポーションを作ろうと決める。

本を棚に戻して紅茶を飲んだあと、図書室を出てアレクさんに一旦部屋に戻ることを告げる。

外に出て【家《ハウス》】を展開してポーションを作ろうと思ったんだけど、アレクさんからそろそろエアハルトさんが帰ってくる時間だし外は冷えるからと却下されてしまった。

外にも出してもらえないなんて、もはや軟禁じゃん！

仕方がないから客間で作ろうと材料を出したところで、また人の気配を感じて鬱陶《うっとう》しくなってしまった。

「……うざい」

ポツリと呟《つぶや》いて周囲を見回す。

テントくらいの大きさなら展開できそうなスペースはあるね。

まがりなりにも主の客なのに、失礼だよ！

私はテントを展開し、ついでに中を覗《のぞ》かれないよう、ファスナーを閉めた。

この世界の主神であるアントス様謹製《きんせい》の【家《ハウス》】だぞ？　舐めんなよ？

途端に気配を感じなくなって快適になる。スマホを出してレシピを検索し、リュックから瓶《びん》の材料となる砂を出して、大量にポーション用の瓶《びん》を作った。

それを五十本ほど残してリュックにしまい、今度はポーションとポイズンポーション、パラライズポーションの材料を出す。

商人ギルドに登録することができたら、明日にでも売るつもりで作ることにしたのだ。

「おー、相変わらず、レベルが高いのか～……」

【アナライズ】を発動させて作ったポーションを見ると、かなり効果の高いものができたとわかった。

これならきっと売れるだろう。

ついでに気分を落ち着かせるために、カセットコンロと同じ大きさのコンロ型魔道具や鍋を出して、チャイを作った。

その一部を水筒に入れ、残りはカップに入れて飲もうとしたとき——

「リン、なんでテントを張っている？」

外からエアハルトさんの声がした。

がっくりしつつ、コンロなどを片づけてからチャイが入っているカップとリュックを持って外に出る。

そこには今帰ってきたところらしいエアハルトさんと、うしろに控えるように立つアレクさんがいた。

「お帰りなさい、エアハルトさん」

「ただいま。……で、なんでテントを張っていた？」

「ポーションを作っていました。それに、誰かに監視されてるような気がして、鬱陶《うっとう》しくて」

「なに……？」

エアハルトさんは眉間に皺《しわ》を寄せて、険しい顔をした。それだけで、彼が命じたことじゃないとわかった。

だけど、ここはきっぱりとエアハルトさんに伝えておく。

「エアハルトさんが命じたんじゃないと思いますけど、さすがに監視されるのは嫌です。なので、この部屋では寝ませんから。どうしてもって言うなら、テントを張って寝ます」

「リン……」

「外でポーションを作るって言ったのに、それすらもさせてもらえませんでしたし」

そう伝えると、険しい顔のままアレクさんに視線を向けるエアハルトさん。その鋭さに、アレクさんがたじろぐ。

「アレク」

「も、申し訳ございません。外は日が暮れ始めておりましたし、寒くなってきておりましたので……。それに、お嬢様はまだお小さいではありませんか」

しどろもどろになりながらも、そう話すアレクさん。

「リンはこう見えても成人しているそうだ」

「なんと……！」

やっぱり年齢を伝えてなかったのか、エアハルトさんは。

ただ種族的に小さいだけなんだけど……

というか、私からすれば、エアハルトさんたちが大きいだけなんだよね。日本人の中では高い身長だったんだから、私は。

「まあ、いい。次はリンの言う通りにしてやってくれ」

「わかりました」

「で、誰もいなくなると途端に人の気配を感じたのは、どういうことですか？」

「それは……」

なぜか言い淀《よど》むエアハルトさん。

どういうこと？　隠し事でもあるみたいな態度だ。

「エアハルトさんが命じたんじゃないんですよね？」

「そうだ」

「だったら、誰が？」

「さあ、な。そこは調べておく。次はないと思うから、安心してくれ」

「わかりました。けど、明日には出ていきます。おかげさまで文字はなんとか書けるようになりましたし、宿に泊まるくらいのお金は持っていますから」

「リン……」

きっぱり伝えると、がっくりと項垂《うなだ》れるエアハルトさん。

「はあ……わかった。明日、土地が買える商人ギルドに案内してやるから、それまでは我慢してくれ」

「ありがとうございます。ついでに冒険者ギルドにも寄らせてください。さっき作ったポーション類を売りたいので」

「わかった。ちなみになにを作ったんだ？」

「昨日エアハルトさんに売ったのと同じ種類のものを作りました」

今回新たに作ったポーションを二人に見せる。

「相変わらずレベルが高い……本当に優秀なんだな、リンは」

「……っ」

苦笑するエアハルトさんとは対照的に、アレクさんは目を剥《む》いて驚き、言葉を詰まらせていた。

なんかエアハルトさんの目が鋭くなったような……？

やっぱり、なにか隠してるのかな？

そのあと話題は文字の勉強のことに移り、アレクさんに教わった話や図書室で見つけた植物図鑑《ずかん》の話をした。明日、図鑑《ずかん》を売っているお店にも連れていってほしいと頼むと、エアハルトさんはふたつ返事で了承してくれた。

それだけでなく、魔物図鑑《ずかん》も買っておけとアドバイスしてくれる。

たしかに、伝説と言われるようなポーションには、魔物の肝臓や心臓が使われているしね。

それから食堂に移動して食事を摂り、客室に戻ってきた。ひとりになるとやっぱり誰かの気配を感じる。

そうエアハルトさんに訴えると、彼は私と一緒にここで寝ると言い出した。

「さすがにそれはどうかと思うんですけど……」

「安全対策だと思ってくれ」

「だけど……」

「心配なら、休憩所にいたときのようにテントの中で寝ればいいから」

「うぅ……わかりました」

この人もなにげに強引だよなあ……と内心で溜息をつき、渋々ながらも頷《うなず》く。

しばらくしてメイドさんたちが、寝巻きやお茶を持ってきてくれた。けれどなんだか様子がおかしいというか、ギスギスしているというか……。なんか変な感じがする。

エアハルトさんはなにを隠しているんだろう? 貴族間のごたごたなら嫌だなあ……

そんなことを思いつつエアハルトさんにベッドで寝てもらうことにして、私はテントの中に引っ込んだ。

テントの外にはエアハルトさんがいるから、普通の薬師らしくアントス様からもらった乳鉢《にゅうばち》などを出してポーションを作る。

ゴリゴリ、カチャカチャ。

そんな音が、テントの外にも響いていると思う。

作ってて感じたんだけど、この作業は嫌いじゃない。むしろ好きな部類かもしれない。

「……よし、できた!」

今作ったのは、魅了の魔法を解除するテンプポーション。

【アナライズ】で見てみるとこんな感じだ。

【テンプポーション】 レベル4
魅了の魔法を解く薬

二、三滴を飲み物などとともに摂取するだけで、軽い症状ならすぐに解ける
適正買取価格：千エン
適正販売価格：二千エン

乳鉢《にゅうばち》でポーションを作りつつ、それと同時に魔力を込めて作る裏技も使う。なんだかんだで五十本ほど作り上げると、水筒に入れたチャイを飲んで、ポーション類や道具を片づけた。

一度テントの外に顔を出すと、本を読んでいたエアハルトさんにおやすみなさいと告げ、ファスナーを閉める。

室内だけど、少し肌寒い。そこでリュックから毛布を出し、寝袋の上からかけてさっさと眠る体勢になった。

すると疲れていたのか、いつの間にかぐっすり寝ていた。


翌朝。テントの中で身支度を簡単に整え、外に出る。エアハルトさんはもういなくて、カーテンが半分だけ開いていた。

近寄って窓の外を見ると、土砂降《どしゃぶ》りの雨が降っている。

この世界には外套《がいとう》はあるけど傘はないので、この雨の中外に出るのは困難だ。大切な用事がなければ、ほとんどの人は外に出ないものらしいし。

「マジか〜……。今日は出かけられないんだろうなあ……」

楽しみにしてたのに……とガッカリしていると、エアハルトさんとアレクさんが来た。

「おはようございます」

「おはよう。よく眠れたか？」

「はい」

「リン様、朝食ができていますよ」

「ありがとうございます！」

朝食を食べながら今日の予定を聞いてみたんだけど、やっぱり外出はなくなった。まあ、土砂降《どしゃぶ》りの雨だから、仕方がないよね。

図書室を使う許可をくれたので、飲み物を持ち込んで植物図鑑《ずかん》を眺めていようと思う。肌寒いから、チャイを淹《い》れようかな。

エアハルトさんは急な仕事が入ったとかで、この雨の中出かけなければならないという。

騎士も大変だなあ。

エアハルトさんを見送ってから部屋に戻り、図書室へ行く準備をする。

「あの、アレクさん。客室でお茶を淹《い》れてもいいですか？　汚さないよう、テントの中で淹《い》れますから」

「構いませんよ」

「ありがとうございます！」

さっそくテントに入り、小さなコンロを出してチャイを作る。

それを水筒に入れてから外に出て、小さくした【家《ハウス》】とともにリュックにしまった。

そのままアレクさんの案内で、図書室に向かう。

そのとき、誰かの視線を感じた。その視線に悪意はないんだけど、とても鬱陶《うっとう》しい。

昨日とは違って、今度はうしろのほうから飛んできた。

さりげなく振り返ってみると、ドレスを着た女性がこっちをじーっと見ていた。

誰だろう？　と首を捻《ひね》っていたら図書室に着いてしまったので、一旦そのことを忘れる。

昨日の植物図鑑《ずかん》を出し、えんぴつもどきで紙に薬草の絵を描いたり、特徴をメモ書きしたりしてたんだけど……

「…………うざい」

鬱陶《うっとう》しい気配、再びである。

しかも、今回はいつの間に図書室に来たのか明らかに誰かいるし、その人の視線だとわかって余計に鬱陶《うっとう》しい。

こっそりそちらを見ると、立っていたのはさっき廊下で見た女性だ。

見た目は四十代後半か五十代前半くらいだろうか？　黒髪を結っている綺麗《きれい》な女性で、ドレスをまとっている。

いっそのこと、話しかけてしまおうかな？　だけど、平民である私から話しかけていいのかな？

貴族の女性だと、そういうことに煩そうだし……

散々悩んで結局放置することに決め、また薬草図鑑《ずかん》を眺めてはチャイを飲んでいた。

するとしばらくして、突然話しかけられた。

「ごきげんよう。昨日からお見かけするけれど、貴女はどなたかしら？」

「え？　あ、こ、こんにちは。リンと申します。エアハルト様の客人といったところでしょうか」

慌てて椅子から立ち上がり、挨拶《あいさつ》をする。

「そう……」

エアハルトさんの名前を出すと、顔を歪《ゆが》める女性。よく顔を見ると、エアハルトさんに似ているところがある。

もしかしてお姉さんかな？　それとも、お母さん？

どっちにしろ侯爵家の方なので、丁寧に対応しないとまずい。

「あの、失礼を承知でお伺いいたしますが、もしかして、私をずっと見ていたのは貴女でしょうか？」

「ええ、そうよ。我が家にお客としてやってきた平民はリンが初めてだったものだから、珍しいと思って見ていたの。不躾《ぶしつけ》にごめんなさいね」

「いいえ、大丈夫です」

やっぱり視線はこの女性だったのか。でも全部この人ってわけではないだろうから、あとは、この女性のスパイとかそういった人たちだったのかな？

エアハルトさんが言葉を濁《にご》すってことは、そういうことなんだろうし。

あとで聞いてみよう。今はこの女性に集中しないと。

「なにをしていらっしゃるか、聞いてもいいかしら？」

「はい。植物図鑑《ずかん》で薬草の勉強をしています」

「まあ。小さいのに、熱心ですのね」

「ありがとうございます。ただ、私は成人しておりますので、できれば小さいというのは……」

「あら、ごめんなさいね」

申し訳なさそうな顔で謝罪してくれた女性。表情はとても豊かだけど、如何《いかん》せん目がおかしい。

なんていうのかな……焦点が合ってないというか、どこかぼんやりしているというか、なにかが変なのだ。

それは、昨日見た何人かのメイドさんたちにも言えることだった。

まさか変な薬を使っているとか、なにかの病気なんだろうか。

そう思ってこっそり【アナライズ】をかけたら、とんでもない情報が表示された。

【エレーナ・テレーゼ・ガウティーノ】

魔神族の女性

四人の男児を産んだことがある

ガウティーノ侯爵——オイゲンの妻

気配り上手なため、社交界では男女ともに人気が高い

独身時代はモテていた
けれど婚約者であるオイゲンを愛していたため、歯牙《しが》にもかけなかった
女児が欲しかったが、その願いは叶わなかった
状態異常：魅了

状態異常って……

だから目が濁《にご》っているというか、どこかぼんやりしていたのか。

アントス様情報によると、【魅了魔法】は主にダンジョンにいる魔物が使う魔法だ。精神に作用する魔法で、長期間かかったままだと精神に異常をきたすことがある、とても危険な魔法でもある。魅了を使える人は、幼いころから使わないよう指導され、魔道具を使って力を封印されることもあるという。

そんな危険な魔法にかかっている侯爵夫人。もしかしたら昨日のメイドさんたちも、魅了にかかっているのかもしれない。

これ、エアハルトさんは知ってるのかな？

知らないなら、なんとかしないとヤバいんじゃ……

そんなことを考えていたら、女性――エレーナさんがカップの中を覗《のぞ》き込んできた。

「ところで、カップの中に入っている、不思議な香りのする飲み物はなにかしら？」

「チャイというミルクティーなんです」

「まあ！　ミルクが入っているんですの？」

「そうなんです。えっと……興味はございますか？　よろしければ新たに淹《い》れますので、飲んでみませんか？」

「あら、よろしいの？」

「はい」

「じゃあ、お願いしようかしら」

チャイに興味を持ってくれたエレーナさん。

誰が魅了をかけたにしろ、このままだと彼女の精神はおかしくなってしまう可能性がある。

なので、チャイの中にポーションを入れて、エレーナさんの状態異常を治してしまえばいい。

偶然ではあるけど、私の手元には昨日作ったテンプポーションがあるのだから。

しかも、他の人が作るポーションよりもレベルが高いんだよ？

犯人に悟られないうちに、とっととエレーナさんを治してしまおうと、さっそくチャイを淹《い》れる。

「まあ。スパイスをたくさん使うのね」

「そうなんです。このスパイスのおかげで、今日みたいな寒い日にぴったりのお茶になるんですよ」

「ふふ、そうなのね。どのような味なのかしら？　楽しみだわ」

「なにかお菓子があればいいんですけど、用意してもらうことはできますか？」

「そうねぇ……。本来は図書室でものを食べてはいけないのだけれど、今日は特別に許可するわ」

「わあ！　ありがとうございます！」

お礼を言うと、エレーナさんはメイドさんに指示を出しに図書室を出ていった。その隙にコンロ型魔道具を出して、鍋にテンプポーションをほんの少し入れる。

液体が残った瓶《びん》を素早く服のポケットに入れると、なに食わぬ顔をしてミルクとはちみつを用意する。

エレーナさんの視線を逸《そ》らすためとはいえ、ちょっと強引だったかなあ……と思ったけど、うまくいってよかった。

そして、ワゴンにお菓子やティーカップをのせて持ってきたメイドさんとエレーナさんに、チャイを注《つ》ぐ。

「お口に合うかどうかわかりませんが、どうぞ。よかったら、そちらのメイドさんも」

「まあ、よろしいの？」

「はい」

是非、メイドさんも飲んでくださいな。貴女もエレーナさんと同じように、魅了状態ですからね！

「ありがとうございます、お嬢様」

【アーダ・シュッセル】
　魔神族の女性
　シュッセル子爵家の三女
　ガウティーノ侯爵夫人付きのメイド
　状態異常：魅了

メイドさんを【アナライズ】で見たら、こんな説明が出ていたのだ。

テーブルに並べられたお菓子を頬張《ほおば》りながらチャイを飲むエレーナさんと、チャイだけを飲むメイドさん。

彼女たちがチャイを一口飲むごとに、ピンク色をした煙《けむり》のようなものが体からふわりと立ち上《のぼ》り、霧散《むさん》する。

それが【魅了魔法】が解けていく様子だとわかったときには、二人とも意思のある目をしていた。

よかった！

「あ……」

「あら？　わたくしは、いったい……」

「【魅了魔法】をかけられていたんです」

「え？」

きょろきょろと図書室を見回していたエレーナさんとメイドさんに、不敬罪にならなければいいなあ……と思いつつ話しかけた。

するとどうやら私と会話したことは覚えているようで助かった。

【魅了魔法】をかけられていたことを話すと、力が抜けたように椅子にもたれかかったエレーナさん。

メイドさんも、どこか呆然とした顔をしていた。

「あの……大丈夫ですか？　どこか痛いとか、吐き気があるとか、ないですか？」

「え？　ええ、大丈夫よ。リンといったかしら？　貴女はいったい……」

「エアハルト様の客人として滞在させていただいている、薬師です」

「まあ、薬師様でしたのね！　では、ポーションを使ったのかしら」

「はい。テンプポーションを使わせていただきました。騙《だま》すような形になってしまい、申し訳ありません」

「いいのよ。あのままだったら、わたくしもアーダも、精神に異常をきたしておりましたもの」

そう言って気にしないでほしいと笑ってくれてホッとした。

事情を聞きたいけどそこはぐっと我慢して、エレーナさんの要望に従い新たにチャイを淹《い》れた。

どうやら気に入ったらしい。

チャイを飲みきったエレーナさんは、素敵な笑みを浮かべて「ありがとう」とお礼を言うと、メイドさんを連れて図書室から出ていった。

それと入れ違いで、今度はエアハルトさんとアレクさんが来たので、話してくれるかどうかわからないけど、ちょっと事情を聞いてみることにした。

だってねぇ？　この家の中に魅了にかかっている人といない人がいるなんて、おかしいもん。エアハルトさんもアレクさんも平気だったんだから、絶対になにか理由があるはずだ。

そんなことを考えていたら、怪訝《けげん》そうな顔をしたエアハルトさんに話しかけられた。

「リン……なにをした？　母上が普通に挨拶《あいさつ》してきたぞ？」

「チャイに興味を持ってくださったので、それにテンプポーションを混ぜて飲ませました。夫人が【魅了魔法】にかかっていたのは、知っていますか？」

「知っている」

「知っていて、放っておいたんですか？」

「違う。仕事をしながら、テンプポーションを探していたんだ」

ここで話す内容ではないからと、私が泊まっている部屋に移動すると、どこか疲れたような顔をしてソファーに座るエアハルトさん。

アレクさんは心配そうな顔をしながら紅茶を淹《い》れてくれる。それを一口飲んだエアハルトさんが話してくれたのは、なんというか……呆れるような話だった。

「ガウティーノ家は男だけの四人兄弟で、一番下の弟がカールというんだが、かなりの問題児なんだ。勉強から逃げ出すのは当たり前だし、最近は【魅了魔法】を使って両親や使用人を自分のいいように使い始めた」

「それって禁止されているんじゃないんですか？」

「ああ。問題はそれだけじゃない。努力を怠《おこた》ったせいで魔力は落ち、兄弟の中でカールだけが黒髪ではなくなった。他の兄弟は騎士になったり文官になったりしているのに」

「それは……」

目を伏せたエアハルトさんは、少し怒っているようだった。

「領地経営の勉強もまったくしてこなかったくせに、自分がガウティーノ家の次期当主になれると信じ込んでいる」

「うわぁ……。それってダメなやつですよね？」

なんというか……お花畑思考とでも言うのかな？

とても残念な人なんだろうなあと感じる。

「ああ。俺は両親だけじゃなく、使用人たちの魅了も解いてやりたいんだ」

「なるほど……」

「俺は、テンプでこんなレベルの高いものを見たことがない。普通に売られているものはレベル2がいいとこだし、時折出るダンジョン産のものですらここまでの効果はないよ。……実はリンを引き留めようとしていたのは、テンプを作ってほしかったからなんだ。まあ、俺が依頼する前に作って母上を治していたのには驚いたがな」

「ははは……」

偶然とはいえ、すみません。

でも、妙に引き留められたのはそういう理由だったのかと納得した。

「ちなみに、今日の昼間はどこに行っていたのか、聞いてもいいですか？」

「ああ。冒険者ギルド本部と王宮だ。仕事の報告に行っていた。リンと会ったのも、仕事の帰りだったんだ」

「そうなんですね」

「その他にも、俺自身が独立する許可をもらいたかったから」

「はい？」

なんでそんな許可が必要なんだろう？

よっぽど私が不思議そうな顔をしていたんだろう。エアハルトさんはそれも説明してくれた。

「もともとガウティーノ家は、俺が継ぐことになっていた。だが、俺の婚約者がカールと不貞を働いて、両思いになってしまったんだ。これは推測になるが、カールがしかけたんだろうと考えている」

「うわぁ……」

休憩所でビルさんと話していたのは、このことだったんだろう。

「もともとは彼女の家とガウティーノ家との間で共同事業の話が進んでいて、お互いの家の結びつきを強化するための政略的な婚約だった。だが、カールと彼女の不貞のせいで事業の話は白紙に戻り、カールは彼女の家に婿入りすることになったんだ」

なんだか、日本にいるときに読んだ小説みたいな話だ。

「だが、カールは自分が悪いというのにそれを不服に思ったようだ。この家の後継者になるのは自分だと信じ込み、周囲の人間を魅了で操《あやつ》り始めた。両親と使用人たちの様子がおかしいと気づいて【アナライズ】をかけたら、彼らは魅了状態だったよ」

そこで一旦紅茶を飲んだエアハルトさんは、淡々とした口調で話の続きをしてくれる。

「彼らを治したくて、仕事の傍《かたわ》らテンプポーションを探していた。ダンジョンで出るのを待つか、薬師が作ったものが売りに出されるのを待つか……と頭を悩ませていたところだったんだ」

「なるほど、そういうことですか。偶然とはいえ、ちょうどいいときに作ったんですね、私」

「ああ。本当に驚いたんだからな？　で、リン。悪いんだが、テンプを何本か売ってくれないか？　みんなを魅了状態から解放してやりたい」

「いいですよ」

「助かる。それから……今話した内容を、誰にも言わないって約束してくれるか？」

「もちろんです」

これって、ガウティーノ侯爵家の醜聞《しゅうぶん》だもんね。

そんなことをペラペラ話して面倒事に巻き込まれるなんてまっぴらごめんなので、しっかりと頷《うなず》いた。

「あ、そうだ。リン、休憩所で淹《い》れてくれた、ミントの葉が入った茶を淹《い》れてくれないか？」

「構いませんけど……なんに使うんですか？」

「いつも疲れた顔をしている使用人もいるし、薬師が淹《い》れてくれたお茶なんて珍しいからな……飲ませてやりたいと思ったんだよ」

穏やかな顔と優しい目をして、使用人のことを語るエアハルトさん。彼らを大事にしていることが伝わってくる。

「へえ……エアハルトさんは優しいんですね」

「まあ、その中にテンプを入れて、目を覚まさせようって魂胆《こんたん》なんだがな」

「……」

おお、使用人にも優しい人なんだ！　なんて感動したのに！

いや、治したいっていう気持ちはわかるんだけど……なんかもやもやする～！

くそう……私の感動を返せ！

「じゃあ厨房《ちゅうぼう》に案内するから、そこで淹《い》れてくれないか？」

そうしてエアハルトさんとアレクさん、私の三人で厨房《ちゅうぼう》に向かった。

厨房《ちゅうぼう》でリュックからミントを出し、ミントティーを淹《い》れ始める。

茶葉はガウティーノ家で使っている茶葉の中でも最高級のものを用意してくれたよ！

そしてアレクさんに、ミントティーを教えることになった。

アレクさんは、すっごいウキウキしながら茶器の用意をしている。

その間に鍋に水とテンプを入れて、アレクさんを呼ぶ。

「アレクさん、こっちに来てもらえますか？　これから茶葉を入れるので」

「おお……本当に教えてくださるとは」

「別に教えるってほどのことでも……これはミントさえあればできますしね。簡単だし、茶葉だけで淹《い》れるよりも疲れが取れますよ？」

「左様でございますか……。どのような味なのか、楽しみですね」

嬉しそうな顔をするアレクさんを横目に、茶葉を入れる。

さらにミントを入れて時間を計《はか》っている間に、エアハルトさんに使用人さんたちを呼

んでもらい、私とアレクさんでカップにお茶を注《つ》いでいった。

そこに使用人さんたちが続々と到着する。

おお？　私が思っていたよりも、たくさんの人がいるんだけど!?

さすがは侯爵様のおうちだね！

その中の何人かは、目がうつろな感じだ。

「エアハルト様、紅茶ならわたくしたちが淹《い》れますのに……」

メイドさんが申し訳なさそうに言う。

「そう言わないでくれ。今回はこちらの薬師殿に、いつも以上に疲れが取れるお茶の淹《い》れ方を教わったから、それをご馳走《ちそう》しようと思ってな」

「まあ……薬師様、ありがとうございます」

「あ……、い、いいえ」

いきなりお礼を言われて、照れてしまった。うう……感謝されるのは慣れていないから、顔が熱いよ。

そんな私をエアハルトさんとアレクさんが生暖かい視線で見ていることに気づいて、ますます顔が熱くなってしまう。

「今ここにいない者にも飲ませてやってほしい。あと、両親や他の兄弟にも持っていってくれるか？」

「かしこまりました。ただ、休暇で外に出ている者もおりますし、カール様は茶会にお出かけなさっています。いかがなさいますか？」

「そうか……まあ、仕方がない。冷めても美味《おい》しいそうだから、帰ってきたら飲ませてやってくれるか？　休暇中の者たちは、アレクに淹《い》れてもらうといいだろう」

「かしこまりました」

そして全員がミントティーを飲んで持ち場に戻っていった。その途端に、エアハルトさんがいきなり天井に向かって声をかけた。

「お前たちも、いるのはわかっているぞ？　俺たちがいなくなったら、ここに来て飲めと全員に伝えろ。疲れが取れる」

『……ありがたき幸せ』

え、そんなところにもいたの!?　上から感じてた気配の主はそこにいる人たちだったんだね！

無理はするなよ、と天井に向かって声をかけたエアハルトさん。

部屋に戻りながら彼らのことを聞いたら、すんごい苦い顔をしながらも、この家の密かな護衛や課報《ちょうほう》活動をしている人たちだと教えてくれた。

やっぱりスパイだったた！　本当にいるんだなあ、そんな人たちって。

部屋に戻るとアレクさんが持ってきてくれたミントティーを三人で飲んだ。

うん、自画自賛じゃないけど、美味《おい》しい。

テンプポーションが入っているとは思えない。

まあ、魅了にかかっていない人にとってはなんの効果もないし、そもそもテンプポーションは無色透明で無味無臭なんだよね。

だからこそ、紅茶に入れることができたのだ。

ちなみに精神系の【魅了魔法】は、相手の魔力が高いとかかりにくい。

エアハルトさんのご両親は、たぶん毎日少しずつ魅了をかけられていたか、眠っている間にかけられたんじゃないかと予想してるんだって。

そうじゃないと、カールさんよりも魔力の高いご両親が、魅了されるはずがないからと。

そんな話を聞いたアレクさんは、苦い顔をしている。

私だって嫌だよ、自分の両親や雇い主、そして仲間がそんな状態になるなんてさ。

エアハルトさんとアレクさんは、今はどこかホッとしたような顔をしている。お役に立てたならよかった。

翌日。エアハルトさんは朝から王宮へ出かけていき、昼すぎに戻ってくると、部屋に【魅了魔法】にかかっていた全員を集めた。その中には、先に回復したエレーナさんと、侯爵様もいらっしゃった。

人数は十五人くらい。

本当に危機《きき》一髪《いっぱつ》だったみたい。

大事に至らなくてよかったよ……

「エアハルト……すまなかった」

「申し訳ございませんでした」

そう言ってすまなそうな顔をする侯爵様と使用人たち。ここからのお話は、私が聞いたらダメだと思って図書室に行こうとしたら、エアハルトさんに「当事者なんだからここにいてくれ」と言われてしまった。

仕方がないので、部屋の隅っこで話を聞くことにしたんだけど、エアハルトさんにがっちり腕を掴まれる。

おおう、逃げられない！

「いえ。俺のほうこそ、なんとなくみんなが操《あやつ》られているのは感じていたのに、なかなかテンプポーションを手に入れられなくて申し訳ありません」

「気にしないでくれ。それより、入手困難なテンプポーションを、いったいどうやって手に入れたのだ？」

「俺の客人である薬師の彼女――リンが作ってくれたものです。リン、テンプを見せてくれ」

「……はい」

うわあ、注目されてるよ……！

内心ビビりつつ、エアハルトさんに言われた通り、テンプポーションを渡す。

エアハルトさんはそれを、この場にいる全員が見えるようにかかげた。

「これは……」

「なんてレベルが高いのでしょう！」

みんな【アナライズ】を使えるのか、テンプポーションを見てざわめく。

「ああ。この値段にも納得だ。リンと言ったかな？　ありがとう」

「ど、どういたしまして」

いきなり侯爵様に話しかけられて、き、緊張したぁ！

そのあと、エアハルトさんは侯爵様たちに、今朝王様にした報告と、それを受けての決定事項について伝え始めた。

「まずひとつ目。ガウティーノ家は次男のロメオが継ぐことに決定しました。これは俺もロメオも納得しています」

「そうか……。だが、エアハルト、お前はどうするのだ？」

「俺は自分で獲得した爵位があるし、独立することを許されました。自分で買った家もある。なので、リンと一緒に出ていこうと思っています。いずれは騎士も辞めて、よりダンジョン攻略に力を注《そそ》げるよう冒険者になるつもりです」

「そうか……」

がっかりしたように肩を落としたご両親。きっと彼らにとって、エアハルトさんはいい息子なんだろう。

使用人さんたちも同様にしょんぼりした顔をしている。

「そしてカールは、ジェルミ伯爵家へ婿養子に行くことが再決定しました。これは陛下の決定なので、ジェルミ家だろうと我が家だろうと、誰も文句が言えないものと思ってください」

「わかった」

「そしてジェルミ家はカールの婚姻と同時に爵位をひとつ落とし、子爵になることも決定しました。この決定に異議を唱えることは、陛下に対する不敬及び反逆だと思え、カール」

突然扉の外に向かって話しかけたエアハルトさん。そちらを見ると、驚いた顔をした茶髪の男性がいた。

「な……っ」

どうやら彼がカールさんらしい。

なんていうか、侯爵様やエアハルトさんと比べると、ひょろひょろしていて頼りない見た目だ。本当にエアハルトさんの弟なの？　っていうくらい、細い。

エアハルトさんは彼の側まで行くと、今までのことを追及し始めた。

「ど、どういうことだ！　ぼ、僕がこの家を……」

「継げるわけないだろうが。お前は末弟で、俺の婚約者と不貞を働いたんだ、当然だろう？　まさか、アイツを寝取ればこの家を継げると思っていたのか？　愚かだな。ジェルミ家はこの家の当主となる人間と娘を婚姻させて、その子どもを次期当主にしたかっただけだ。この家の誰でもいいわけじゃないんだよ。それすらも知らなかったのか？」

「……っ」

「まあ、爵位が落ちるとはいえ、ジェルミ家に行けば念願の当主になれるんだ。苦手な勉強と領地経営を頑張れ。そうそう。あの家にはお前よりも魔力が高い者しかいないから、魅了の魔法が役に立つと思うなよ。それから――」

そこで言葉を切ったエアハルトさんは、懐《ふところ》から箱を出して蓋《ふた》を開ける。

中には、緑色と青色の小さな宝石がちりばめられた、素敵なデザインの腕輪が入っていた。

それを見たカールさんは不思議そうな顔をして、首を傾《かし》げている。

「これはお前にと陛下から賜《たまわ》ったものだ」

「え……」

嬉しそうな顔をしたカールさんに、腕輪を嵌《は》めるエアハルトさん。

エアハルトさんは笑みを浮かべているけど、目が笑ってないことに、カールさんは気づいてるのかな。

その腕輪をカールさんはキラキラした目で眺め、誇らしそうな顔をしている。

「ちなみに、それはお前に対する罰だとさ」

「え……？」

エアハルトさんの言葉に、カールさんはキラキラした目のまま固まった。その目が徐々に不審そうな色を帯《お》びていく。

「【魅了魔法】を使うことは禁止されている。それを知らなかったとは言わせないぞ？

俺たち兄弟からも、両親からも、家庭教師や学院でも言われていたはずだからな」

「うっ……」

「それを破った罰として、陛下が【魅了魔法】を封じる魔道具をくださった。作ったのは宮廷魔導師長殿だから、お前の技量では勝手に外すことなどできないだろう」

「な……っ」

「よかったなあ、それだけですんで。本来は極刑か、軽くても犯罪奴隷になって鉱山送りになるはずだったんだぞ？　刑が軽くなるようにと嘆願《たんがん》したのが、お前の婚約者となった彼女とその実家のジェルミ家だ。その代償として、爵位を落とすことになったわけだが」

エアハルトさんの言葉に、カールさんは絶句してどんどん青ざめていく。

「あ、あ、あ……」

「しかも、子どもまで授かったんだって？　婚姻前にそんなことをしていたとは……さすがガウティーノ家一の愚か者だ。そのおかげで、ジェルミ家の婿養子になれたことに感謝するんだな」

エアハルトさんの話に、カールさんはとうとう真っ白な顔になってそのままくずおれた。

人のことは言えないけど、この程度でくずおれるって……なんて残念なんだろうと思ったよ。

その後、集まっていたみなさんを解散させたエアハルトさんは、カールさんをがっつり尋問した。

そこでカールさんが叫ぶように語ったのは、次のような話だった。

エアハルトさんの婚約者に近づいて、彼女の話を聞いてあげたこと。

彼女自身は騎士が嫌いだと言ったので、それにつけこんで誘惑しているうちに自分もいつの間にか惹《ひ》かれて、お互いに恋仲になったこと。

彼女のためにも、どうしても当主になりたかったこと。そのためにご両親が寝ている間に何度も【魅了魔法】をかけたこと。

使用人さんたちにも魔法をかけたけど、自分よりも魔力が低い者しか【魅了魔法】にかからなかったこと。

近々父親に当主にしてもらおうと思っていたのに、私のせいで覆《くつがえ》ってしまったことなど、恨み節も吐かれた。

「君はいったい、誰なんだい？」

「私ですか？　エアハルト様の客人で、薬師です」

「く、薬師!? ま、まさか……」

「テンプポーションを持っていたので、皆様に飲んでいただきました♪」

「な……、そんな、はずは！　僕の【魅了魔法】は、そんな簡単に解けないはずなのに！」

「これ数滴で、簡単に解けましたけど？」

テンプポーションをカールさんに見せる。それをしげしげと見つめたカールさんは、そのレベルの高さに驚き、項垂《うなだ》れた。

だけど徐々に怒りが増してきたんだろう……いきなり立ち上がると私に殴りかかろうとした。けれど呆気なくエアハルトさんに腕を掴まれ、床に倒されてしまう。

「ぐっ」

アレクさんは、驚いて固まっている私を背にかばうように一歩前に出てくれる。

すみません、ありがとうございます！

「騎士でもないお前が、現役騎士の俺に敵《かな》うはずがないだろうが。誰か！　王宮に早馬を飛ばせ！」

「い……嫌だ！」

「無理な相談だな。ジェルミ家に行く前に牢に入って、しっかり反省しろ」

「わあぁぁぁっ！」

ちょっとびっくりして固まったけど、何事もなくてよかったよ……

その後、カールさんはエアハルトさんに簀巻《すま》きにされ、魔法を封じる魔道具をつけられていた。

【魅了魔法】は腕輪が嵌《は》まっているから使えないけど、他の魔法を警戒してのことみたい。

そしてしばらくすると騎士たちが何人も来て、カールさんを連れていった。

「改めて礼を言う、リン。これでこの家も元に戻るだろう」

「いえ……」

「俺は彼らと一緒に王宮に行ってくる。リンはここでまたアレクと文字の勉強でもしていてくれ」

「……わかりました」

エアハルトさんはアレクさんに新たに絵本を何冊か渡して、それを読ませるように伝え、部屋から出ていった。

あー……疲れた。

エアハルトさんがいなくなり、アレクさんから絵本を渡される。

「それにしても、リン様のポーションはレベルが高うございますね」

「様はやめてください。どうみても私のほうが年下ですし」

「かしこまりました、リン。ポーションなのですが、どうしてこんなにレベルが高いのでしょう?」

「さあ……。お師匠様も不思議がっていました。ただ、もしかしたら、魔力が高いせいかもしれないとは言われましたよ?」

師匠――と言っていいのかどうかわからないけど、アントス様には魔神族の貴族並みに魔力が高い私が作ることで、レベルがアップしている可能性が高いと言われていた。

「ああ、そうかもしれませんね。いいポーションを作るには多くの魔力を必要とすると聞いたことがありますから」

「なるほど」

実際はどうなのかわからないけど、アレクさんもそう言うってことはその可能性は高いんだろう。

それからしばらく文字の勉強をしたあと、休憩がてらお茶を淹《い》れようという話になった。アレクさんは思い出したようにミントティーのお礼を言ってくれる。本当に今までの疲れが取れたみたいに体が軽いって喜んでくれた。

それならよかった! 教えた甲斐があったよ。

「他にもチャイっていう、体を温めるミルクティーもあるんです。昨日みたいな雨の日や寒いときにぴったりなんですよ」

「ほう……今度教えていただけますか？」

「まあ、それくらいなら。今からでもいいですよ？　材料があれば、ですけど……」

「材料はなんでございますか？」

私はチャイに使うスパイスの種類を伝え、はちみつとミルクが必要だと教える。

ついでに淹《い》れ方を説明すると、アレクさんは今ここで淹《い》れると言い出した。

「ここで、ですか？　大丈夫なんですか？」

「ええ。お湯は暖炉《だんろ》でも沸かせますし、材料や道具も常に持っておりますしね」

さすが執事さん、ぬかりないです。

鍋に水を入れて暖炉《だんろ》の火にかけるアレクさん。それを見ながら、茶葉やスパイスを入れるタイミングなどを教える。

それを茶漉《ちゃこ》しでポットに漉《こ》して、その中にはちみつとミルクを入れてカップに注《つ》いでくれた。

「スパイスが入っているので、ちょっと辛《から》いかもしれません」

「なるほど。では……。ほう……これは……！」

アレクさんも【アナライズ】を発動させたんだろう。

目を瞠《みは》ってから一口飲むと、ほぅっと息をついた。

「たしかにピリリとした辛《から》さが少し気になりますが、それをはちみつとミルクが緩和《かんわ》していて、とても美味《おい》しゅうございますね。それに体もぽかぽかとしてきたように感じます」

「ならよかったです」

「お、二人してなにを飲んでるんだ？」

アレクさんと話していると、エアハルトさんがにこにこしながら帰ってきた。

行くときとは違って、とてもスッキリした顔をしている。

無事に解決したんだよね？　それならよかった！

「エアハルトさんにも飲んでもらった、チャイの淹《い》れ方をアレクさんに教えてあげたんです」

「リンはいろいろなお茶をご存知ですので、わたくしも助かります」

「お、チャイか。俺にもくれるか？」

「いいですよ」

立ち上がろうとしたアレクさんを制して、私がチャイをカップに入れ、エアハルトさんに渡す。

二人してにこにこしながら飲んでいるのが、なんとも不思議な光景だ。

カールさんの処遇について聞いてみたところ、ジェルミ家の受け入れ態勢が整うまで、数日間王宮の牢屋に入ることが決定したそうだ。

なんというか、貴族って本当に大変なんだなって思う。

生まれた環境がそうだったなら大変に思うことはないのかもしれないけど、そういった世界をまったく知らない平民とか異世界人の私からすると、大変だとしか思えない。

だからと言って、簡単に「大変でしたね」って言うのも違うと思うし。

「まあ、そんなわけだ。リンのおかげで助かった。協力してくれてありがとう」

「どういたしまして」

それしか言いようがなくて、返事をしたあとはチャイを啜《すす》った。

そのとき、なにかを思い出したように顔を上げたエアハルトさん。

「あ、そうだ。アレク、天気次第になるが、明日ここを出ていくことになった。荷物を頼めるか？」

「わたくしもついていってよろしいのでしょうか」

「ああ、構わない」

「ありがたき幸せ」

二人がなにやら話しているのを聞いて、気になる言葉があった。出ていくってなにさ。

「あの、エアハルトさん。それって……」

「ああ、さっきも言ったが、俺は跡継ぎの役目を弟に譲って独立することが決まったんだ。それを受け、明日出ていくことになった」

「え……」

「だからというわけではないが……リン、俺たちと一緒に住む気はないか？」

「へ……!?」

一緒に住むかって言った!? というか、ずいぶん急な話で驚くよ！

「な、なんでそんな話に……？」

「だってリンは家を探すんだろう？ 俺は一応、西地区に自分の屋敷を持ってるんだよ。そこの部屋をひとつ、リンの部屋にするっていうのは、どうだ？」

「どうだって言われても……」

正直、魅力的な話ではある。すぐに土地が買えるとは限らないし、宿屋に泊まるにしても、私一人では不安なことも多い。

「その……ポーション作りの作業中に部屋に入ってこないでくださいね？ 危ないので」

「もちろん。庭もあるから、種の栽培もそこでやればいい」

チャイを飲みながら、そんな話をするエアハルトさん。

家具なんかも揃《そろ》っているし、掃除も魔法を使えば一瞬で終わるそうだ。

便利だな、魔法って。掃除が苦手な私には、非常に助かる。

「あ、なら、料理くらいは私にさせていただけませんか？　その、貴族が食べるようなものは作れないんですけど」

「だが……」

「部屋を貸してくれるというのなら、家賃の代わりだと思ってください。というか、それくらいしないとなんだか申し訳ないし、罰が当たりそうで……」

「ははっ！　そんなこと、気にしなくてもいいんだがな。だが、助かる。料理人を雇うまで、お願いしてもいいか？」

「はい」

なにもしないでポーションを作って、薬草を栽培するだけの生活なんて、申し訳なさが勝《まさ》って私にはできない。

基本的な料理と裁縫《さいほう》は施設や学校で教わったし、手伝いもしていたし、スマホでレシピを検索すればこの世界の料理も作れると思う。

まあ、あまりにも酷《ひど》い味付けだったら、改善するけどね！

エアハルトさんの家に移る使用人さんは、アレクさんだけ。だから毎日の食事は三人分あればいい。

施設にいた人数からしたら、三人分なんて楽勝だ。十人分でもいける。

「じゃあ、決まりだな」

そうしていとも簡単に住む場所が決まった。

あとは自分の店を持つ場所を決めるだけでいい。……単純かな。

できれば、ここで自分の店を持って、ポーション屋をやりたいと思っているけどね。

お天気次第だけど、明日は朝早く起きて、朝市に連れていってくれるというエアハルトさん。

お屋敷からも近いから、朝市で買い物しながら、商人ギルドに向かおうという話になった。

食材などを買いながら一旦屋敷に行って、王都散策はそれからと決め、今日はお開きになった。

それはいいんだけど……

「エアハルトさん、本当にここで寝るんですか？」

「ああ。……嫌か？」

エアハルトさんは一昨日《おととい》と同様に、私の部屋で寝ようとしていた。

「嫌ではないんですけど……エアハルトさんのような貴族には、新たな婚約者がいるかなーって思うと、その……」

日本にいたときに、無料小説投稿サイトでそういった話をよく読んでいた。

だから、絶対にいると思ってたんだけど……

「いや、今は婚約者はいないから大丈夫だ。それに、俺はソファーで寝るし」

「いやいやいや、そこはベッドで寝てくださいよ！　私はテントで寝ますから！」

「ダメだ、リンがベッドで寝てくれ」

いやいや、それはダメだと二人して押しつけあった結果。

「……………どうしてこうなった」

二人してベッドに寝っ転がり、私は窓側に、エアハルトさんはその反対側に寝ている。

お貴族様のベッドだからなのかキングサイズ並みに大きいし、マットレスも布団もふっかふかだった。

なんだかエアハルトさんに誘導されて、結局「はい」って言わされたような……。くそう、これだから口が達者な人って厄介で困る。

布団から肩を出して、安らかな寝息を立てているエアハルトさん。こっちは緊張して眠れないっていうのに……なんだかムカつく。

「……もう、風邪をひきますよ？」

小さく溜息をついて起きると、布団を軽く持ち上げてエアハルトさんにかける。

Tシャツに似た寝間着を着たエアハルトさんの筋肉は、騎士だからなのかおっさんにしては凄かった。

まあ、おっさんというのは、地球の年齢に換算すれば、だけどね。

エアハルトさんは、今年千五百歳ちょいになったそうだ。

ただ長命種族なだけあって、見た目は三十歳くらいか、高く見積もっても三十代なかばくらいにしか見えない。

アントス様情報によると、魔神族は十八歳で成人してから徐々に歳をとり、一定の年齢になると千年はずっと姿が変わらないそうだ。

そして千年経つとまた、徐々に年老いていくらしい。

それは私にも当てはまることで、あと千年か千五百年は今のままの姿だと、アントス様に言われている。

そんなに長いこと、一人で生きていられるんだろうか……

当面はエアハルトさんたちがいるからいいけど、そのあとのことはわからない。

好きになってくれる人や好きになれる人ができればいいなあ……なんて思いながら、

また布団に潜《もぐ》り込む。

「……さむっ」

休憩所でも体験したけど、夜は冷えるって本当だよなあ。そう思いつつ、小さくくしゃみをして、そこで意識は途切れた。


ふと、意識が浮上した。

なんだかすっごく温かい。それに、とても安心する。

結構寒かったはずなのに、いつの間にか寝ていたよ～。まあ、布団の中が温かかったからかもしれない。

それにしても、なんだか硬いような柔らかいような感触がするなあ……

そう思って目を開けたら、服の上からでもわかるほど盛り上がっている筋肉が目の前にあって驚く。

「どうして……」

「おはよう、リン」

「……………………きゃあぁっ、むぐっ！」

「いきなり叫ぶんじゃない……耳が痛いだろうが」

エアハルトさんに声をかけられて、つい悲鳴をあげてしまった。

なんと私は、エアハルトさんに抱きしめられて寝ていたのだ！　い、いつの間に!?

「ど、どうして……」

「ああ、リンが寒そうに体を丸めていたからな……つい引き寄せた」

「ああ……だから温かかったんですね」

内心ではドキドキしながらも、その温かさにホッとする。力を抜いてまた目を瞑《つむ》ると、大きな手で頭を撫《な》でられた。

なんだかすっごく温かくて、優しい撫《な》で方で、とても安心する。

「まだ夜明け前だから、もう少し寝ていろ」

「はい……」

撫《な》でてくれる手が気持ちよくて、うつらうつらしてくる。

男の人と一緒に寝ているのに、どうしてこんなに安心していられるんだろう……

日本にいたころは、近くにいたり話をするのですら緊張していたのに。

ちょっと寒くてエアハルトさんの胸に顔を埋《うず》めるようにすると、さらにぎゅっと抱きしめてくれる。

「リン……？」

「ん……あったかい……です……」

「そうか」

トクトクと聞こえるエアハルトさんの規則正しい心音を聞いているうちに、私はあっという間に眠りに落ちた。


そしてエアハルトさんに起こされ、目を開ける。

「おはよう、リン」

「お、おはようございます、エアハルトさん」

「そろそろ起きて。着替えたら、出かけるぞ」

「はい」

「あとでまた来る。それと……これは、昨日のお礼だ」

布団から起き上がると、先に出たエアハルトさんが私の額と頬にキスを落とし、部屋から出ていく。

私はエアハルトさんの行動に驚いて、顔を火照《ほて》らせながら固まり、しばらくして我に返ってから「ぎゃーーーー!!」と叫んだのだった。

お、お礼とはいえ………は、は、恥ずかしいーーー!!

なんとか気持ちを落ち着かせてから着替えを終え、荷物をリュックの中に詰める。

窓の外はいいお天気だ。庭の木々が雨露《あめつゆ》に濡れて、とても綺麗《きれい》に輝いている。

それをしばらく眺めたあとで忘れ物がないか確認していると、エアハルトさんとアレクさんが顔を出した。

ただし、二人の荷物は小さな斜めがけの鞄《かばん》しかない。

「あの、引っ越すんですよね？　荷物は……」

「ああ、この中に入っているんだ。これはマジックバッグでな、容量増大と重量軽減の魔法がついてるんだよ」

「そうなんですね」

「リンも支度はいいのか？」

「はい」

そんな会話をして部屋から出ようとしたら、とても素敵なドレスを身にまとったエレーナさんが部屋の中に入ってきた。エレーナさんのうしろには、一昨日《おととい》も一緒にいたメイドさんが控えている。

「おはようございます、リン」

「お、おはようございます」

「一昨日《おととい》はありがとうございました。とても美味《おい》しいお茶でしたわ」

「それはよかったです。えっと、あの……？」

名前は【アナライズ】で見たから知ってるけど、一応知らないふりをして聞く。

「ああ、申し訳ありませんわ。わたくしはエアハルトの母で、エレーナと言いますの」

おおう、やっぱりエアハルトさんのお母さんだったよ！　知ってたけど！

一昨日《おととい》も感じたけど、お姉さんかと思うくらい若々しくて、素敵な方です！

「私は薬師で、リンと申します。先日は大変失礼いたしました」

「いいえ。かしこまらないでくださいませ。リンのおかげで、我が家は助かったのですから」

「は、はあ……」

しばらく話をし、他にもお茶の飲み方を知っていたら教えてほしいというので、ロシアンティーとミルクティーの淹《い》れ方を教えた。

まあ、どっちも紅茶にジャムやミルクを入れるだけだから、誰でもできるしね。

ただ、ミルクを入れる場合は、ミルクを少し温めておくことをおすすめした。

そうじゃないと、紅茶が少し冷めてしまうから。

まあ、冷めても美味《おい》しいけどね、ミルクティーは。

この世界の紅茶は二種類しかない。疲れが取れる紅茶と、もう一種類。同じ茶葉でも、等級が低いものは平民が飲み、高いものは貴族が飲む。

基本的に茶葉はこの二種類しかなく、他の飲み物といえば果実水やお水、ワインやエールなどのお酒しかない。

だからこそ、アレンジしたロシアンティーやミルクティーだけでも喜ばれるのだ。

これ以上は時間がなくなるとのエアハルトさんの言葉に、「またいらしてくださいませ」とエレーナさんに満面の笑みで言われ、曖昧《あいまい》に笑って誤魔化《ごまか》す。

侯爵家であるガウティーノ家は、平民の私が気軽に来ていい場所ではない。

そして私とエアハルトさん、アレクさんの三人はガウティーノ家をあとにした。

第三章　ダンジョンに潜《もぐ》って開店準備

カポカポと蹄《ひづめ》の音をさせながら、ゆっくりと歩くスヴァルトルたち。

一旦エアハルトさんの屋敷に行って二頭を厩《うまや》につなぎ、市が立っている場所へと行く。

食材を買いながら、エアハルトさんがその周辺を案内をしてくれるという。

「おー、凄い！　活気があっていいですね！」

「だろ？　この時間だからこそ、だな。アレク、とりあえずなにが必要だ？」

「まずは食材ですね」

八百屋《やおや》さん、果物屋さん、お肉屋さんに雑貨屋さん。

この通りでは旅の行商人も出店することができるそうで、屋台のような形のお店を開いている人もいれば、敷物を敷いただけの場所に商品を並べている人もいた。

「あの、お鍋とか包丁《ほうちょう》、食器などはお屋敷にありますか？」

「ございますよ」

「なら、とりあえずこの時間にしか買えない食材を買うか」

売り切れの心配がなく、お昼以降にも買うことができるものは後回しにして、まず屋台で売られている食べ物を買い食いしながら通りを歩き、必要な食材を買うことに。

私も自分の欲しい茶葉や果物、薬草類や瓶《びん》を作るための砂、植物図鑑《ずかん》と魔物図鑑《ずかん》などを買った。あと、小さなスコップも。

他にも店を開くうえで今後必要になりそうなものの値段を見たりしてから一度屋敷に帰り、今度は商人ギルドへと案内してもらった。

土地や建物の管理や販売は、商人ギルドで扱っているんだって。

どんな物件があるのかな？　楽しみ！

「いらっしゃいませ、ガウティーノ様。本日はどのようなご用件でしょうか」

「こちらの薬師殿に、土地か店舗付きの建物を売ってもらいたくてな」

受付嬢の耳の先は尖《とが》っていた。もしかしてエルフかな？

「まあ、薬師様でございますか？　はじめまして。お店を開店されるのですね。それでは、まずは商品を見せていただけますでしょうか」

すっごく綺麗《きれい》な人だなと見惚《みと》れていたら、急に話しかけられたので、慌ててリュックから作ったポーションを出す。

「はじめまして。まだこれしか作っていないんですけど……」

ポーション、ポイズンポーション、パラライズポーション、テンプポーションを各一本ずつ受付嬢に渡す。

するとと、彼女はテーブルの横に置いてあった道具を目の前に持ってきた。

見た目は電子はかりみたいな形状だ。

そこにポーションを置いて紙になにやら書いては別のポーションをのせ、また書いて……を繰り返す。

「あの、質問しても大丈夫ですか？」

「ええ、構いませんよ」

「それはなにをしているんですか？」

「こちらはポーションの成分と効能を調べる魔道具で、薬師様が持ち込まれたものを確認しております。中には使ってはいけない材料でポーションを作る方がおりますので。ああ、この商品は大丈夫ですわ、すべて正規のものでした」

それにしても……と呟《つぶや》いた受付嬢は、驚いた顔で感嘆している。

な、なんで!?

「とてもレベルが高いのですね。これでしたら、お店を開店なさるのは正解ですわ。わたくしども商人ギルドや冒険者ギルドではなく、上級ダンジョンか特別ダンジョンに潜《もぐ》っている冒険者に直接売っていただくのがよろしいかと思います。あとは、騎士団に卸《おろ》すのもいいのではないでしょうか」

おおう、私が作ったものって、ギルドの人が驚くほどなんだ。

しかもランクの高いダンジョンに潜《もぐ》るような冒険者や騎士団専用に売る⁉

内心ではガクブルしながらも、受付嬢の話に耳を傾ける。

「やはりな。だったら店を出す場所は、俺の屋敷がある西地区のほうがいいだろう。あのあたりにはポーションを専門に扱っている店はないし」

エアハルトさんの屋敷がある区画は、主に騎士や上級冒険者が拠点にしているエリアで、住宅街の中にポツポツとお店が点在しているそうだ。

多いのは、上級冒険者がよく使う鍛冶《かじ》屋や道具屋、雑貨屋など。

どのお店も上級や特別ダンジョンに入るために必要なものを売っているそうで、ポーションは道具屋で買えるらしい。

ただ、そこで売られているポーションは普通の効果しか発揮できないうえ、いつも品薄で、上級以上のダンジョンに潜《もぐ》るには心許なく、攻略もあまり捗《はかど》っていないという。

攻略が遅れるとダンジョンから魔物が溢《あふ》れ出し、魔物の大暴走——モンスター・スタンピードの原因になるので、問題は深刻だ。

初級や中級ならともかく、上級以上の魔物が溢《あふ》れ出ると国が滅ぶ可能性もあるんだとか。

……ナニソレ、コワイ。

エアハルトさんが騎士を辞めて冒険者になろうとしているのには、このあたりの事情も絡んでいるらしい。

ゆくゆくはダンジョン攻略を専門とする冒険者になって攻略に貢献したいんだって。

「わたくしどもといたしましても、薬師様にはできるだけ早くお店を開いていただきたいと思っておりますから、協力は惜《お》しみません」

「私も早くお店を出したいと考えているのでありがたいお話なんですけど、瓶《びん》やポーションの材料はどうやって確保したらいいでしょうか？　今は私が採取している分しかないので、どんなに頑張っても毎日は営業を続けられません」

「そこは他の薬師様同様に、わたくしどもがサポートさせていただきます。商人ギルドでも薬草の納品依頼を出せますし、冒険者ギルドでも依頼できます。商人ギルドに登録していただくことで、優先的に薬師様に卸《おろ》すことも可能です」

「うーん……エアハルトさん、どう思いますか？」

はっきり言って、今の私には決められない。そんなことはないと思うけど、騙《だま》されてもわからないと思う。

「とりあえず今は土地か建物を決めてからだな。そうでないといろいろと困るだろう、お互いに」

「そうですね。申し訳ございません、先走りすぎました。まずはこちらをご覧ください」

エアハルトさんの指摘に受付嬢は申し訳なさそうな顔をし、それから地図のようなものを出してきた。

そこにはいくつか赤丸がついていて、それが今空《あ》いている店舗や土地の場所だという。

地図だけ見せられても私にはさっぱりわからないので、エアハルトさんに聞きながら広すぎる建物や、明らかにポーション屋向きではないものを除外していった。

店舗と住居がくっついているものか、【家《ハウス》】を建てられるだけの敷地があるところを選んで候補地を絞り、実際に見て回ることに。

お店の候補地は全部で三つ。

ひとつ目の候補地は西門に近いところだ。

西門は上級ダンジョンに向かったり、他の町や隣国に行ったりする人が通る門なんだって。

ちなみに、もうひとつの上級ダンジョンや特別ダンジョンは北門のほうにあるそうだ。

「……」

「さすがに場所が悪いな」

人や馬、馬車が通る道の端っこからその場所を眺める。

たしかに門が近いから人通りは多いけど、ずいぶん日当たりが悪い。薬草を育てるつもりでいることを知っているエアハルトさんからすると、これはダメらしい。

私もここは『ないな』って思う。

人通りが多すぎるからなのか、かなり埃《ほこり》っぽく感じる。

案内してくれた職員もそう思ったようで、さっさと次の場所に移動した。

ふたつ目の場所は朝市が立っていた通りの一角。

というかその真ん中あたりなんだけど、ここにはボロ家というか、朽《く》ちかけているナニカが建っていた。

これは完全に解体して、建て直すしかないなあ……

そう考えるくらい、酷《ひど》い状態の建物だった。

住む場所としては問題ないし、日当たりも悪くないものの、さすがに周囲の音が煩いと感じた。

他の人はどうか知らないけど、静かな場所が好みの私には無理。

まあ、建て直すにしろ更地にして【家】《ハウス》を建てるにしろ、とりあえず保留かな。

そして最後の候補地はなんと、エアハルトさんちの真裏で驚く。

それも西門に近いところで、候補地を正面に見て左隣には道具屋さん、右隣には鍛冶《かじ》屋さんがある。

他にも雑貨屋さんや宿屋など、冒険者が使うお店が点在しており、通りを歩いている冒険者も多かった。

冒険者ギルドの本部が近くにあるそうで、そのせいかもしれない。

二軒目に行った場所に比べると人通りが少なく、わりと静かなのもいい。

建物の裏はとても広い空《あ》き地になっている。

しかも草ぼうぼうで、ところどころナニカが動いているのが見えるんだけど……

「あの……動いているのはなんですか？」

「ああ、スライムです」

「スライム!?　危険じゃないんですか？」

「大丈夫ですよ。住宅街や店舗にいるスライムは『ハウススライム』と言いまして、家の汚れを落としたりしてくれるんです。とても穏やかで、友好的な種族のスライムなんですよ」

人を襲うのは草原や森、ダンジョンなど町の外にいるものだけで、家の中にいるのとは違う種類なんだとか。

「そうなんですね」

特に料理屋や宿屋、鍛冶屋《かじ》をやっている店舗は、火を使う関係上どうしても煤《すす》などが出るので、スライムを飼ったり契約したりして汚れを落としてもらうらしい。

中には泥棒を捕まえてくれるものもいるそうなので、護衛として飼うこともあるらしい。

うん……充分物騒《ぶっそう》だと思います。

「リン、一度中を見てみるか？」

「そうですね」

「では、こちらへどうぞ」

外から見ているだけじゃ始まらない。

多少の汚れがあるとはいえ今までで一番まともな建物だし、裏がエアハルトさんちなら、一番安心できる場所だとも言えるしね。

鍵を開けてくれたギルド職員に続いて、中に入る。

予想通り中は店舗で、棚とカウンターがあった。

カウンターの横には間仕切りとなる背の低いスイングドアと建物の奥へ続く廊下があり、その先には扉がふたつと二階へ上がる階段がある。

扉の先のひとつはトイレだった。もしかしたら、従業員用なのかもしれない。

職員に話を聞くと、二階は住居になっているそうだ。

トイレやお風呂、キッチンもついているんだとか。おお、それは便利だな。

もうひとつの扉を開けると、広い部屋の真ん中にテーブルと椅子がポツンと置かれ、端っこにはキッチンがあった。

そこからまた扉があって、裏庭へと繋がっている。どうやらここは作業場か休憩スペースになっているみたい。

庭は小さめの一軒家サイズの【家《ハウス》】なら簡単に設置でき、なおかつ薬草を植えられるくらい広いスペースがある。

日当たりのいい場所にはミントやローズマリーなどの、ポーションに使う基本的な薬草が植えられていた。

「日当たりは抜群だし、薬草も植わっていますね」

「もともとはエルフ族の薬師が住んでいたそうです。ですが、弟子もいなかったようですし、お歳を召されてここを引き払ったと聞いています」

「だから薬草が植わっているんですね」

職員の説明に納得する。薬師がいたのなら、薬草を栽培していてもおかしくない。薬草だけじゃなく、薬やポーションの材料になる樹木がいくつかあるから、以前住んでいた人はそういったことをきちんとしていた人なんだろう。

どんな薬草や樹木があるのか確認したいと言うと、好きに見ていいと言ってくれたので、端からぐるっと回る。

ミントはもちろんのこと、各種ポーションに使う薬草もあるし、魔力を回復するＭＰポーションの材料もあった。

樹木に至っては、中級や上級ポーションの材料に相当するものだった。普通の果物もある。

これなら少し材料を買い足せば、アントス様に教わった万能薬やハイポーションみたいな強力なポーションも作れそうだ。

その事実に、テンションが上がった。

「ふおぉぉぉっ……」

「どうした、リン」

「ここにある薬草をベースに、いろいろ作れるのが嬉しいです～！」

「たとえば？」

「ハイポーションとかハイMPポーションとか、万能薬とか！」

「「……っ！」」

私の言葉に、エアハルトさんやアレクさんだけでなく、職員まで息を呑む。

「私、ここがいいです！　裏がエアハルトさんちだから、安心できますし。って、きゃあっ！」

「リン！」

ここがいいと言った途端にハウススライムが寄ってきて、ぽよよんと跳ねたかと思うと私の肩や頭にのった。その数、三匹。

「なになに⁉　なんなの⁉」

「こっ、これは……」

「懐《なつ》かれておりますね」

「えっ、懐《なつ》かれてるの⁉　なんで⁉」

ぽよん、ぷよん、ぽよよんとコミカルに動くスライムたち。その色は白と緑と赤、足元にはピンクと黄色までいる。

「いったいぜんたいなんなのよー……」

「ハウススライムが五色……ですか」

「凄いな、リン。普通、そんなに懐《なつ》かれないからな？」

感心というか呆れというか……そんな感情を滲《にじ》ませたアレクさんとエアハルトさん。

どうしてこうなった！

しかも、スライムたちはなぜか嬉しそうにぽよよんと跳ね回ってるし。

動きがコミカルで、なんだか可愛いんだよ、このスライムたち。だけど問題がある。

「えっと……さすがに君たち全部と契約するのは無理……って、おおっ!?」

五匹をいっぺんに飼うなんてできない。そう思っていたら……

スライムたちが集まって光り、ひとつになって大きくなった。

「なっ、エンペラーハウススライムだとっ!?」

グレープフルーツくらいの大きさだったスライムが、大玉スイカになった感じ。

そのスライムは私の肩に飛びつくと、ぽよよん！　と震えるように動く。

色はとても綺麗《きれい》なスカイブルー。どこぞの国民的ＲＰＧのスライムを思い起こさせる色だ。

まあ、あのゲームのように頭は尖《とが》っていないけどね。

というか……どうしたらいいの、これ。

「エンペラーが懐《なつ》くとはなあ……さすがリンだ！」

「意味がわかりませんよ、エアハルトさん」

「エンペラーハウススライムは、スライムの中でももっとも強い種類で、滅多《めった》に人に懐《なつ》かないと言われております。ただ、どうしてかわかりませんが、特にエンペラーは薬師を好むとも言われているのです」

「あー……もしかして、前にいた薬師が飼っていた可能性があるってことですか？」

「ああ。もしくは薬師の気配を追ってここに来たものの、すでにいなくてここに留まっていたか、だな」

職員とエアハルトさんの説明に納得する。

というかこれ、絶対に離れないでしょ。私にピッタリくっついてるんだもん。本当にどうしよう……

「リン、外に薬草採取に行くつもりなら、エンペラーと契約したほうがいい」

「そうですね。エンペラーでしたら護衛もしてくれますし、お手伝いもしてくれますよ」

「そうですか……。ねえ、本当に私でいいのかな」

コミカルに動くスライムは可愛い。できれば、私も飼ってみたい。

恐る恐るスライムに聞くと、ぽよよんと跳ねてから触手《しょくしゅ》みたいなものを出し、それをぶんぶんと嬉しそうに振ったあと、私の頬にピトッとくっついた。

その仕草が可愛いし、なんとなくスライムの感情が伝わってくる。

「そっか。じゃあよろしくね。ということで、ここに決めます」

「ありがとうございます。では、一旦ギルドに戻りましょう。契約などはそこで行《おこな》いますので」

改装の要望などもそこで聞いてくれるというので、もう一度建物の中を見せてもらうことにした。もちろん、二階の住居スペースも。

住居スペースやお店の内装、看板など、エアハルトさんやアレクさん、職員にいろいろ聞きながら決めていく。

棚の数や安全面を考慮した防犯や結界など、建物専門の職員にすべての要望を出し、住居スペースがあるから新たに自宅は建てないことに。

防犯設備は最高のものを用意しろと、エアハルトさんがポンッて費用を全額出してくれた。

……くそう、これだから貴族ってやつは。

まあ、実際は私もお金をたんまり持っているから出すことは可能なんだけど、説明するのが面倒だし、怪しすぎるので黙っておいた。

もちろん、あとで返しますよ？

草刈りと花壇の整理、欲しい植物も植えてくれるというのでそれも要望を出し、出来上がるまではポーション類を作り溜めておくことになった。

今から出来上がるのがとっても楽しみ！

商人ギルドによると、通常は内装工事には二ヶ月くらいしかかからないそうだ。

だけど、今の時期は内装を請け負《う》う大工さんが忙しいらしく、工事にちょっと時間がかかると言われた。

住居部分を含めたすべてを改装するには、どんなに早くても三ヶ月以上はいるんだって。

それを聞いたエアハルトさんが、「店が完成するまで、俺のところにいろ」と言ってくれた。

さらに改装が終わるまでの間稼ぎがないのは困るだろうからと、エアハルトさんとビルさんが上司である騎士団長さんにかけあってくれたらしく、騎士団が各種ポーションを買ってくれることになった。

しかも、店舗ができたあとも定期的に購入してくれるそうだ。

とても助かる！

そしてギルドで家の契約やギルドの登録、諸々の発注をしたあと、空色のエンペラーハウススライムと契約した。

名前は体色であるスカイブルーからとってスカイにしようと思ったんだけど、あまりにも捻《ひね》りがないからと、ラピスラズリにちなんでラズという名前にした。

すっごい喜んでいたよ！

契約することで意思の疎通もできるようになるし、私を護ってくれるんだって。あと、お手伝いもしてくれるそうだ。

凄いんだなあ、ラズは。とっても頼もしいよね！

明日にでも、試しに一緒に採取に出かけてみよう。そう決めて、私たちはエアハルトさんの家に帰った。

翌日。私はラズを連れて草原と森の浅いところへ行くことにした。

今回行く場所は、エアハルトさんちに近い西門から行ける草原と森だ。

採取するのはミントをはじめとした基本的な薬草。

騎士団にポーションを卸《おろ》すとなると、それなりの量が必要になる。なので、とりあえず普通のポーションを百本ほど作れるくらいの薬草を集めることにした。

ということで、さっそくラズと一緒に薬草の採取です！

「ラズ、今日はお願いね」

〈うん！〉

触手《しょくしゅ》を出して、嬉しそうに返事をするラズ。ラズはスライムの中でもっとも強いエンペラーなだけあって知能がとても高いらしく、言葉を発するのだ。

まあ言葉というよりも、頭に直接響くから、エアハルトさんもアレクさんも【念話】だろうと言っていた。

こういった契約獣特有のスキルなんだって。そんなスキルもあるんだなあ。

ラズに話を聞くと、ずっと一緒にいてくれる薬師を探していたんだって。

あそこにいたのも、自分に合いそうな薬師の気配を追ってきたからだそうだ。

「王都には他にも薬師がいるけど、その人たちじゃダメだったの？」

〈うん。見に行ったけど、ラズとの魔力の相性は最悪だった〉

「そっか」

草原に向かって歩きながら、肩に乗っているラズと話す。

薬師がいたとしても、その人と魔力の相性が合わなければ契約できないんだそうだ。

私との相性はバッチリだったと、ラズはとても喜んでいる。

もちろん、私も嬉しいよ！

「よし、着いた。ここに生《は》えているのだと……必要なのはミントとタイム、あとレモングラスかな？　ラズ、これがミントで、こっちがタイム。この少し背の高いのがレモングラスだよ」

〈覚えた。さっそく採ってくる〉

「ありがとう。これがラズの籠《かご》だよ。もし種を見つけたら、教えてくれる？」

〈うん！〉

それぞれ分かれて、薬草の採取をする。といっても、ラズは近くにいる。

私の護衛でもあるからだ。

ラズに採取をお願いしたものの他に、ローズマリーやセージ、バジルもある。

日本でハーブとして認識されているものは、ゼーバルシュだとすべて薬やポーションの材料として認識されているようだ。

不思議だよね。

だけど日本でも、ハーブの中には薬として使うものもあるから納得はできる。生薬《しょうやく》になるものもあるしね。

道具屋で買ったナイフを使って、薬草を根元から切っていく。根っこさえ残しておけば、再び生《は》えてくるからだ。

ラズを見ると、触手《しょくしゅ》を出して、器用に採取している。

ラズにもナイフを買ってあげたほうがいいのかな？

短剣のほうがいいなら、そっちにしてもいいし。まあ、それはあとで考えるとしよう。

他の人も採取できるよう全部採るのはやめて、少しずつ採取しては移動していると、
森に近づいたあたりで少し背の高い草がガサガサと音を立てた。

なんだろうと思って顔を上げたら、ホーンラビットが飛び出してきた。

七十センチほどの体高がある魔物だ。日本にいるウサギと比べたら、凄く大きい。

それに、額に鋭く尖《とが》った角がある。

その角を武器にして戦うホーンラビットは、初心者の冒険者でも倒せるくらい弱い魔物だ。とはいえ、危険であることに変わりはない。

「ひ……っ」

〈リン、動いたらダメ！〉

「う、うん！」

言われた通りそのまま動かずにいると、素早い動きでホーンラビットの背後を取ったラズは、触手《しょくしゅ》でその首をスパン！　と斬り落とした。

どうやって斬ったんだろう？　ラズのスキルなのかな？

ラズは倒したホーンラビットを呑み込むと、体内で器用に角と毛皮とお肉、内臓などを分けていく。

その様子が空色の体から透《す》けて見えた。

そして内臓や骨を綺麗《きれい》さっぱり溶かし、お肉と毛皮、角と尻尾《しっぽ》を私に渡してくれる。

「あ、ありがとう、ラズ」

〈どういたしまして！〉

つるつるすべすべな頭を撫《な》でると、嬉しそうに体を震わせるラズ。

おお、可愛い！

なので、ついたくさん撫《な》でてしまった。

お昼は持ってきたサンドイッチをラズと一緒に食べて、なめした革でできた袋――この世界の水筒に入れてきたミントティーを飲む。

ちなみに日本から持ってきた水筒は、見られたら困るからリュックの中に封印した。

自分の家ができたら使おうと思う。

休憩を終えると、また薬草を採取した。ポーションになるキノコや野草も発見したので、それも少しずつ採取する。

食べられるキノコもあったので、それも採った。

エアハルトさんとアレクさんのお土産にしよう。

そのあとも森の中でホーンラビットやスライムに襲われたけど、そのすべてをラズが倒してくれた。

うう……本当に役立たずでごめん、ラズ。

戦えるようにならないとダメかなあ……。だけど、いざ自分が戦うとなると、やっぱり怖い。

〈無理しなくていい。ラズがリンを護るから〉

「ありがとう。だけど、ラズばかりに戦わせるのも……」

〈気にしない。ラズは、リンを護れて嬉しい！　それに、一緒に薬草を採取するのも楽しい！〉

「そっか。情けない主人でごめんね。だけど、一緒に薬草を採取できるのは私も嬉しいよ！」

〈おんなじだね！〉

「そうだね」

ふふふっ、とラズと笑い合って、また薬草を採取する。

誰かと話しながら一緒に採取するのは、やっぱり楽しいよね！

陽が暮れる直前まで草原や森で採取をして、エアハルトさんの屋敷に戻ってきた。

そんな私を出迎えてくれたのは、アレクさん。

「おかえりなさい、リン、ラズ」

「ただいま戻りました！」

〈ただいま！〉

「そのご様子ですと、たくさん採れたのですか？」

「はい！　なので、明日はポーションを作ろうかと思って」

「左様でございますか」

微笑みを浮かべて話を聞いてくれるアレクさん。

「あ、そうだ。ホーンラビットのお肉とキノコがたくさん手に入ったので、今日の晩ご飯はそれでなにか作りますね」

ラズが倒して解体してくれたと話すと、アレクさんは目を瞠《みは》ったあと、優しい笑顔で頷《うなず》いてくれた。

アレクさんは私がどんなものを作るのか興味があるみたいで、一緒に作ることに。

ホーンラビットはこの世界の料理であるトマト煮に。キノコも一緒に煮込んだよ！

それから、前にエアハルトさんにも出した、ホーンラビットバーガーを作った。

夕飯の時間になるとエアハルトさんも騎士のお仕事から帰ってきて、私の話を聞いてくれた。

「ポーションは庭で作りたいんですけど、いいですか？」

「別に構わないが、雨が降ったときはどうするんだ？　部屋が余っているから、一部屋用意しようか？」

「いいんですか？」

「ああ。アレク、用意してやってくれないか？」

「かしこまりました」

「ありがとうございます！」

部屋をゲットできました。やったね！


そして翌日。借りた一室でポーションを作る。ゴリゴリと室内に響く、乳鉢《にゅうばち》にあたる乳棒《にゅうぼう》の音。

ラズもお手伝いと称して、乳棒《にゅうぼう》でミントを潰してくれる。

本当にどうなってるのかな、エンペラーハウススライムって！

どうしてそんなに器用なのかな⁉

驚くばかりだけど、ラズはとてもおとなしいスライムだ。戦闘中は仕方がないとはいえ、普段は本当に穏やかで、すっごくいい子です！

今回作ったのは、ポーションとＭＰ、ポイズン、パラライズ、テンプ、ストーンの各ポーション。

ストーンポーションは、石化の状態異常を治すポーションだ。

他にも恐怖や恐慌状態を治すフィアーポーションとパニックポーション、呪いを治すカースポーションも作った。

これら上級の状態異常を治すポーションが必要になるのは、中級ダンジョン以上だと聞いている。

初級ダンジョンの下層と中級ダンジョンは麻痺《まひ》と毒の状態異常しか起きないけど、上級ダンジョンともなると、それ以外の状態異常が起こったり、複数同時にかかったりもするんだって。

なので、よりレベルが高いポーションが必要になってくるのだ。

王都周辺にあるダンジョンには、恐慌や呪いを撒《ま》き散らすアンデッドはいない。

だけどウルフ系の魔物はいるから、【咆哮《ほうこう》】を使われると恐怖や恐慌の状態異常になることもある。

そういう話をアントス様や商人ギルドの職員、エアハルトさんに聞いたから、念のために作ったのだ。

そうして一日かけて、今ある材料で作れるものはすべて作った。この調子で、店の開店までにポーションを作ってお金を貯めておこう。

もちろん、自分の店で売るポーションも作っておくつもり。

こういうときは、時間の経過しない【無限収納《インベントリ》】は本当に便利だよね。収納容量も無限だし。


ポーションを大量に作った、その翌日。

ある程度の量のポーションができたことをエアハルトさんに伝えると、その日の午後、彼と一緒に騎士団長さんが来た。

なんと、団長さんはエアハルトさんの弟さんだった。ロメオさんという彼は、エアハルトさんと同じくムキムキマッチョ。眼福《がんぷく》です！

「ポーションができたと聞いたが」

「はい。こちらです」

一通りのものを団長さんとエアハルトさんに見せる。

「まさか……これは、フィアーとパニックか⁉」

「しかも、カースまで！」

「……」

驚くエアハルトさんと団長さんに、あんぐりと口を開けて固まるアレクさん。

まさかここまで驚かれるとは思わなかったよ……

「あ、あの、作れる薬師はいますよね？　なんでそこまで驚くんですか？」

「おいおいおい、作れる薬師はいるにはいるが、リンほどレベルが高くないからな？」

「そうです。普通は作れてもレベル1でしょう。でもこのレベルでしたら、通常の半分以下の量で大丈夫です」

「はい？」

試しにパニックポーションを【アナライズ】で見てみる。

【パニックポーション】レベル3
　恐慌を治す薬
一口飲むことで、軽い症状ならすぐに解ける

適正買取価格：千五百エン
適正販売価格：二千五百エン

たしかにレベルは高いなって思ってたけど、まさかエアハルトさんたちが驚くほどだとは思わなかったんだよ。

ああ～、やっちまった～！

だけど、作ってしまったんだからしょうがない。

「……ふむ。そうだな……他に取引している薬師との兼ね合いもあるから、購入本数を少なくするか。兄上、どう思う？」

「それでいいんじゃないか？　ポーションとＭＰ以外は他の薬師のポーションと併用で、上級以上で使わせたらどうだ？」

「そうだな……そうさせてもらおうか。まあ、各隊の隊長たちにも話を通してからになるが」

「隊長たちも反対はしないだろう」

団長さんとエアハルトさんが、あれこれと意見を交わしている。兄弟同士の気安さか、上司と部下という感じには聞こえない。

「リン。返事は明日まで待ってくれるかな？」

「構いませんけど、できれば先に必要な本数を知りたいです。場合によっては新たに材料を調達しなければならないので」

「たしかに。では、ポーションとMPが百、ポイズンとパラライズ、テンプとストーンが三十、フィアーとパニック、カースは五十でどうだろう？　期日などは兄上を通して連絡する」

「わかりました」

とりあえずすぐに納品できそうな数でよかったよ……

そのあと団長さんはミントティーを飲みながら雑談をして、エアハルトさんと一緒に職場へ帰っていった。

そしてその日の夜、エアハルトさんから団長さんの言葉が伝えられ、五日以内に納品してほしいと言われた。

「わかりました。出来上がったら、エアハルトさんに渡しますね」

「ああ、頼む」

昼間もちまちまと作っていたから、ポイズンなどの状態異常を治すポーション類は数が揃《そろ》っている。なので、あとはポーションとMPの不足分を作るだけだ。

足りない材料は、明日採取してくるとしよう。

翌日の午前中。森や草原に行って採取し、足りなそうだったから商人ギルドにも行ってみた。

特にミントはどのポーションにも使う薬草なので、たくさん集めないとダメなのだ。

そのためにも、露店や商会で買うか、ギルドに頼むしかない。

タンネの町でのことがあったから、冒険者ギルドには頼みたくなかった。

なので商人ギルドへ行って、先日会った職員に必要な薬草と瓶《びん》の材料になる砂を、今後のことも考えて多めに発注。

職員はその種類と量の多さに顔が引きつっていたけど、騎士団に売るためのものだと言ったら納得してくれた。ただし数量が多いから、半分は後日納品になると言われたけどね！

三日から五日くらいの日数があれば集まるそうなので、それでお願いした。

半分はちょうど在庫があって、それを購入。

ついでに、お店のターゲットは誰にしたらいいか相談した。

「そうですね……以前申し上げたかと思いますが、上級ダンジョンに潜《もぐ》れるような、最低でも個人ランクがBかA以上、パーティーですとAランク以上が望ましいですね」

「ありがとうございます。あと、店で薬草の買い取りをしたいんですけど、できますか？」

「他の方もされておりますので、できますよ」

「そうですか……。ありがとうございます。もう少し考えてみますね」

お礼を言ってそのままエアハルトさんの家に戻る。

それからまたポーション作りに励んで……次の日の朝、団長さんに発注された分のポーションをすべて出勤前のエアハルトさんに渡したら、アレクさんともどもすっごい呆れた顔をされた。

なんでさー！

その日の夜には団長さんがポーションの代金と、中級と上級、特別ダンジョン産だという薬草を大量に持ってきてくれた。

もちろん、薬草は買い取りました！


その後も、薬草を採取してはポーションを作り、商人ギルドから薬草と瓶《びん》の材料になる砂と瓶《びん》を買ってきたり、朝市の露店や雑貨屋さんでも砂と瓶《びん》を買ったりして過ごした。

合間にお店の開店準備も進めた。

お店にどんなポーションを置くかは、騎士団が使った感想を待ってから考えることに。使った感想がないとどんなニーズがあるか判断がつかないし。

なので、これはまた後日団長さんと話し合いをするということになった。

そんな感じで日々を過ごし、十日が経ったころのこと。

「ポーションもたくさん持ったし、【家《ハウス》】もある。あとは干し肉とパン、乾燥野菜と干しキノコ、乳鉢《にゅうばち》をいくつかと……」

私は【無限収納《インベントリ》】になってるリュックからあれこれ出しながら、ダンジョンに潜《もぐ》るための装備をエアハルトさんやアレクさんと一緒に点検していた。

そう、ダンジョンに潜《もぐ》るのだ。

事の起こりは、さかのぼること十日前。団長さんからダンジョン産の薬草をたくさん手に入れたことにあった。

団長さんからダンジョン産の薬草を仕入れた次の日。

作業台になっているテーブルの上に、団長さんからもらった薬草類を並べた。その側にはラズもいて、どんな薬草なのか聞いてくる。

「さて、団長さんから薬草をたくさん買ったし、作ってみますか」

「わ〜、ありがとう！　じゃあさっそく一緒にやろうか」

〈うん！〉

ラズの分の乳鉢《にゅうばち》や薬草を出して、すり潰してもらう。ラズにやってもらうのは、ミントだけだ。

一番量が多いけど一番柔らかいから、ラズでもすり潰せるはず。

その横で私も乳鉢《にゅうばち》を使って、中級ダンジョンで出た薬草や野草、キノコをすり潰したり細かく切ったりする。

ごりごり、かちゃかちゃ、トントン。

そんな音が室内に響く。

ラズはご機嫌な様子で体を左右に動かして、ミントをどんどんすり潰している。

「ラズ、楽しい？」

〈うん！　リンと一緒にやってるから、楽しい！〉

「そっか。私も楽しいよ！」

ふふふっ、と笑い合って、薬草を潰す。すべての薬草をすり潰したので次は砂で瓶《びん》を作ったあと、魔力を込めてポーションにしたんだけど……

〈ラズも手伝う！〉

【ポーション】レベル5
　傷を治す薬
　患部にかけたり飲んだりすることで治療できる
　効果が高く、レベル1の五倍の回復力を持つ
　適正買取価格：千エン
　適正販売価格：千五百エン

　こんな説明が出て驚く。

「げっ！　こんなにレベルが高いの!?」

レベル5って、最高レベルじゃん！

〈わ〜、リン、凄い！〉

「ははは……。あ、ありがとう」

　ラズが褒《ほ》めてくれたので、乾いた笑いを漏らしながらもお礼を言う。

　どうしよう、これ。商人ギルドに相談する？　なんてラズと話していたら、扉がノックされた。

「リン、入っても大丈夫か？」

「大丈夫ですよ。どうぞ」

なにか用事があったのか、エアハルトさんとアレクさんが作業部屋に来た。なので、これ幸いと二人に相談することにする。

「ポーションの出来はどうだ？」

「そのことなんですけど、団長さんからもらったダンジョン産の薬草でポーションを作ったら、こんなのができてしまって……」

「ん？　どれ……」

エアハルトさんとアレクさんにそれぞれ一本ずつ渡し、見てもらう。【アナライズ】を発動させたんだろう……ポーションを見て、目を瞠《みは》っていた。

「「なっ！」」

「やっぱ、驚きますよね……」

「あのポーションもレベルが高かったが、それ以上とはな……」

「凄いですね、リンは」

二人とも感心したように言ってくれるけど、私はやらかした！　と思って、気が気ではない。

「リン、お茶を淹《い》れますから、休憩したらどうでしょう？」

「そうだった。それで来たんだった。リン、休憩しながら、このポーションについて話そう」

「そうですね……。一段落しましたし、お願いしてもいいですか？」

「ええ。ラズも一緒にどうぞ」

〈わーい！　だったら、ラズはミントティーがいい！〉

「承知しました、ラズ」

ラズのリクエストに答えてくれるアレクさん。優しいなあ。

で、室内を簡単に片づけてから食堂に行く。

そこでみんなしてミントティーを飲みながら、ポーションについて話した。

「これは売りに出す前に、騎士団で使ってもらったらどうだ？　俺は実際に使ってみた感想が聞きたい」

「団長さんに、ですか？」

「ああ。初級や中級だけじゃなく、上級ダンジョンでも通用するくらい、効果が高い。下手すると、ハイポーション並みの効果なんだよ、このポーションは」

「そうでございますね。まあ、ハイポーションよりは劣《おと》りますが」

「そうだな。あと一歩足りない感じだ」

もし、ダンジョン産の材料でハイポーションやそれ以上のレベルのポーションを作ったら、どうなるんだろう？

怖いよ……

「で、これはリンに相談なんだがな。どうせなら、ダンジョンに潜《もぐ》ってみないか？」

「へ？」

いきなりのことで驚く。ダンジョンに、潜《もぐ》る？

「ダンジョンに潜《もぐ》れば薬草が採り放題だぞ？　それに、ギルドランクも上がるから、店を出したときの信用度も上がる」

「基本的に、みなさまどこかで修業して冒険者か商人としてのランクを上げてから、お店を出すくらいですしね」

「そうなんですか？」

ちなみに、個人やポーションの優劣を表すのがレベルで、ランクは職業や道具の等級を表すときに使われている。

レベルが数字で表されるのに対し、ランクはＦからＳＳまでとアルファベットで表される。

「ああ。レベルは上がらなくても商売するのに問題はない。戦える人間はそう多くないからな。だが、ランクは上げておいたほうがいい。ただランクを上げようと思うと、仕事をするか、レベルと一緒に上げるしかないんだ」

「ダンジョンでしたら、踏破《とうは》と同時にランクも上がりますから、手っ取り早い方法なのですよ」

「なるほど～」

危険が伴《ともな》うので、薬師がダンジョンに潜《もぐ》るときは冒険者に護衛を依頼するんだそうだ。なので、初級ダンジョンや中級ダンジョンを踏破《とうは》している薬師も、全員ではないけどかなりいるんだって。

中級ダンジョンを踏破《とうは》すると商人ギルドから認定書みたいなものがもらえて、それを店に置いてお客さんにランクをアピールするらしい。

そういうお店はだいたい高級品を扱うところで、高位ランクの冒険者がお客さんになる。

私の作るポーションは効果が高すぎるのでトラブルを避ける目的でも、認定書をもらってハイクラスなお店にしたほうがいいとのことだった。

職業ランクは冒険者ギルドと商人ギルドともに同じで、Ｆから始まってＳＳランクまであるんだって。凄い！

どんな人がなるのかな？　ＳＳランクまで行くと、老舗《しにせ》の大旦那とか一流の商人、熟練の冒険者になるんだろうね。

せめて私も、一人前扱いされるＣランクまでは上がりたいな。

そう思うけど、知り合いの冒険者なんていないし、エアハルトさんやアレクさんに護衛をお願いするのは違うだろうし……

そんなことを悩んでいると、エアハルトさんが夜に団長さんを連れてくるらしく、そのときにまた話し合いをしようと言ってくれた。

その日の夜。

「ダンジョンに潜《もぐ》ったほうがいいと言われたそうだね」

「はい。きっかけはこのポーションなんです。団長さんから買い取ったダンジョン産の薬草で作ったら、こうなりました」

「どれ。……ほう、凄いね」

例のポーションを団長さんに渡して、見てもらう。彼もエアハルトさんたちと同じように、目を瞠《みは》っていた。

「ああ……なるほど。たしかにこれなら、兄上が言うようにダンジョンでランクを上げて認定書をもらったほうがいいね」

「だろう？　店を開くことが決まっているから、レベルはともかく、できるだけ早くランクを上げたほうがいいと思ったんだ」

「たしかに。そうだな……十日後に初級ダンジョンに潜《もぐ》る予定があるんだが、一緒にどうかな、リン」

団長さんがそんな提案をしてくれて、驚く。

「お、いいな、それ。俺とビルが騎士団の新人を引率するやつだろう？」

「ええ」

「まったく知り合いがいないよりも、いたほうがいいだろうし。俺は構わない」

「え……、いいんですか？」

「「ああ」」

兄弟揃《そろ》って、いいと言ってくれた。まだ魔物と戦うのは怖いけど、護衛してくれる人がエアハルトさんとビルさんならば、安心できる。

「まずは初級に潜《もぐ》って、それから中級だね。本来ならばレベルに合わせて、少しずつ潜《もぐ》れる階層を深くしていくんだが……今回は一気に踏破《とうは》しようか、リン」

「へ？」

「ああ、そのほうがいいだろうな。今回連れていく奴らは新人とはいえ、みんなすでにレベルは20あるし」

「さすが兄上、わかってらっしゃる」

「えええええっ⁉」

いきなり踏破《とうは》⁉　え、マジで？　団長さんは鬼だー！

初級を踏破《とうは》したら中級を踏破《とうは》。それが終わったら、上級の五階層までは潜《もぐ》っておいたほうがいいと、アレクさんにも言われてしまった……

「大丈夫。リンが薬草を採取している間は、俺たちが護衛するから」

〈ラズも一緒に行って、護衛するよ！〉

「む……」

「そうですね。それに、森や草原では採取量に制限がありますが、ダンジョンにはありません。採り放題ですから、好きなだけ採取できますよ？」

〈ラズもお手伝いする！〉

「むむむ……」

「初級よりも中級、中級よりも上級と、採れる薬草の種類はどんどん増えるしね」

〈それは楽しみだね、リン。どんな薬草があるのかな？〉

「…………わかりました。ダンジョンに潜《もぐ》ります」

「そうか、よかった！」

むーーー、男性三人とラズに説得されてしまった！

ま、まあ、薬草が採り放題だなんて聞いたら、潜《もぐ》らないわけにはいかないじゃない？

もしかしたら、薬師にしかわからない薬草があるかもしれないしね。

「それから、リン。兄上と一緒に、明日は商人ギルドに行こう」

「商人ギルドに、ですか？」

「ああ。このポーションは商人ギルドにも見せておいたほうがいい」

団長さんの言葉に、エアハルトさんもアレクさんも頷《うなず》いている。みんながそう言うなら、私も素直に頷《うなず》いた。


翌日、四人で商人ギルドに行って、新たに作ったポーションを見せたら、職員に絶句されてしまった。

「…………これはもう、騎士団と上級冒険者に売るしかありませんね……」

「そう思って、私も同行させてもらったんだ」

「そうでしたか」

ギルド職員からは、お店のお客さんは個人がBランク、パーティーはAランク以上に限ってほしいと言われた。

そしてお店はまだ改装段階なので、場所はできるだけ伏せておくようにとも言われたので頷《うなず》いたのだった。


用意をしながら、ここまでの経緯を思い出す。

本当は、ダンジョンに潜《もぐ》るつもりはなかったんだけどなあ……

ちなみに、潜《もぐ》る期間は五日だ。

「リン、武器はともかく、防具はどうする？」

「この外套《がいとう》と服があれば十分ですよ？　一応、どっちも特別製なので」

「は？」

「見てみますか？」

外套《がいとう》を差し出すと、エアハルトさんとアレクさんがじっと見たあと、目を丸くして息を呑んだ。

【守護の外套《がいとう》】　神話《アーティファクト》

複数の神の祝福が付与されている外套《がいとう》
悪意ある者には着用者の姿が見えず、同じ神話《アーティファクト》の武器でなければ傷ひとつつけること
ができない
固定指定《バインド》：リン

こんな感じなんだよね、アントス様にもらった外套《がいとう》は。
冒険者や商人と同じように装備品にはランクがあって、下から粗悪《ジャンク》、普遍《コモン》、特殊《アンコモン》、
希少《レア》、固有《ユニーク》、伝説《レジェンド》、遺物《エンシェント》、神話《アーティファクト》となる。
神話《アーティファクト》が一番高くて珍しく、二千年前にある一人の天才によって作られたと言われて
いるんだって。
ダンジョンからごく稀に出る場合があるそうだけど、私が持ってる服や外套《がいとう》のように、
そのほとんどが必ず固定指定《バインド》をされていて、誰も使えないらしい。
ちなみに、アントス様がくれた洋服や下着、靴も神話《アーティファクト》だけどね！
しかも、【無限収納《インベントリ》】に入れてあった、王都に来てから買った洋服や下着、靴まで、
いつの間にか神話《アーティファクト》になってたけどね！
ダンジョンに潜《もぐ》るなら動きやすい服がいいと言われて二日前に買ったものなんだけど、

今日見たらそれもすでに神話《アーティファクト》になっていたんだから驚くよ……

どういうことかな⁉　絶対に、神様たちの仕業としか思えないよ、これ。

ちょっと過保護すぎやしませんか？　神様たち！

嬉しいけど、これはないよ……

「おいおい……いったい誰にもらったんだよ……」

「……」

エアハルトさんの突っ込みに、視線を逸《そ》らしてだんまりを決め込む。

まさか、アントス様のせいで異世界に転移して来たとか、アントス様がそういう作りにしてくれたとか、言えるわけがないじゃないか！

なので、なにを聞かれようと口を開かず、一切話さなかった。

「はぁ……。まあ、いい。こんなに丈夫な防具があるなら、下手に革鎧《かわよろい》や小手《こて》を身につけないほうがいいな」

「そうでございますね。ラズや僕がおりますから、武器は必要ないでしょうし」

アレクさんはガウティーノ家を出たからなのか、一人称が『わたくし』から『僕』に変わっている。

「だな。ラズ、リンを頼むぞ？　俺らもリンを護るが、お前はリンの武器であり防具だからな。リンもものときのために、短剣くらいは装備しとけ」

〈うん、任せて〉

エアハルトさんの言葉に、ラズがひょいっと触手《しょくしゅ》を出し、頷《うなず》いた。私もアレクさんとエアハルトさんの指示に頷《うなず》く。

採取用のナイフは道具屋で買ったけど、短剣は持っていないことを話すと、エアハルトさんが買ってきてくれることになった。

渡されたのは、刃渡りは三十センチあるかないかくらいの長さで、見た目ほど重くないものだ。薬師が持っている短剣だったんだって。

もちろん、お金を出して買い取りました。これ以上借金はしたくないしね！

そんな感じで準備を進め、明日の朝一番に家を出ることになった。集合場所は、騎士団本部だ。


そして翌朝。

騎士団本部には、団長さんとエアハルトさん、アレクさん、そして新人騎士の方々が集まっていた。

「おはようございます。よろしくお願いします」

「おはよう。しっかり護るから、遠慮なく採取に励んでくれ」

「ありがとうございます」

頼まれていた大量の各種ポーションを団長さんに渡すと、そのうちからポーションとMPポーション、ポイズンポーションとパラライズポーションだけを数本ずつ、各人に配っている。

今回のポーションは例のレベルがやたら高いやつだ。

新人騎士たちは、ポーションのレベルの高さに驚いて、私をガン見していた。

「彼女は薬師で、リンという。いずれは店を持つことになるが、今はその準備期間でな。ギルドランクとレベル上げのため、一緒にダンジョンに潜《もぐ》ることになった」

「はじめまして、リンと申します。戦闘は不得意ですが、怪我や状態異常の回復は任せていただけると嬉しいです」

よろしくお願いしますと頭を下げると、あちこちから「よろしく！」と声をかけられ、胸を撫《な》で下ろす。

それから準備をすませた騎士たちと一緒に歩き始めた。

門を出て徒歩で三十分ほど歩くと、初級ダンジョンに着くそうだ。

今回行くダンジョンは、最深部まで十階層あるんだとか。

罠《わな》もなく、出てくるモンスターもFランクやEランクのものばかりで、草原や林、森の浅いところに出てくるものと変わらないらしい。

なので、初級ダンジョンに指定されたんだそうだ。

ただ、同じ初級ダンジョンでも、場所によってはアンデッドだけだったり虫だけだったりと、いろいろとあるらしい。

うぅ……どっちも行きたくはない。

私たちが行くダンジョンは他と比べて階層が浅い。けれど深さはダンジョンの等級にあまり関係ないらしい。

十階層しかなくても危険な罠《わな》があったり、Dランク以上の魔物が出てくるダンジョンもあるそうで、そういったところは階層が浅くても中級ダンジョンや上級ダンジョンに指定される。

ちなみに、魔物のランクはFが一番低くて、一番高いのはSSSランク。

SSSランクは災害級とも呼ばれていて誰も手が出せず、見たら逃げろと言われているそうだ。

そこまでランクが高いものはほとんどが神の使いと呼ばれる神獣なので、襲われるどころか見かけることすら滅多《めった》にないそうだけど。

もちろん、ランクが高ければ能力も知力も桁違《けたちが》い。

ランクが高くなるほど性格は穏やかになると言われているけど、ＳＳランクの魔物が一度暴れると、国が焦土《しょうど》と化す、らしい。……恐ろしいね。

「俺たちがいるから危険なことはないだろうが、一人で勝手な行動をするなよ？　採取をする場合は、一声かけてくれるとありがたい」

「わかりました。ラズもそれでいい？」

〈うん〉

今回のメンバーは、教官としてエアハルトさんとビルさん、教育課程の新人五人、アレクさんと私とラズだ。

アレクさんはラズと一緒に私を護衛してくれるんだって。執事のアレクさんが戦えることに驚いたよ。

申し訳ないのとありがたいのとで、頭が上がらない。

ダンジョンに行くまでの道中では、商人や冒険者、旅をしている人にも会った。

人通りが多いからなのか、魔物が出てくることはない。

道端に生《は》えていた薬草はラズが採取してくれるというのでお願いし、私はひたすら歩く。

〈リン、採ってきた〉

「ありがとう。おお、ミントとタイム、レモングラスだね。タイムとレモングラスは料理にも使えるから、助かるよ」

渡した籠《かご》いっぱいに薬草を採取してきたラズ。籠《かご》をいくつか持たせたら、きちんと種類を分けて持ってきてくれた。

ラズったら偉い！　賢い！

教えると一回で覚えてくれるから本当に助かるし、ラズが優秀だということが窺《うかが》える。

〈まだいっぱいあったし、種もあった。採ってくる？〉

「そうだね……タイムとレモングラスは種も一緒にお願いしてもいい？」

〈うん！〉

持ってきてくれた薬草を【無限収納《インベントリ》】にしまって新しい籠《かご》と種を入れる用の瓶《びん》をふたつずつ出し、ラズに渡す。

それを受け取ったラズは、スススッと素早く動いて、また草原のほうへと移動した。

「さすがエンペラーハウススライムだな」

「そうですね。とても助かってます」

最初、騎士たちはラズの大きさと、エンペラーだということに驚いていた。

そんなことを繰り返しているうちに、ダンジョンの入口に着いた。

入口は柵《さく》で囲まれていて、その手前に建物がある。そこでダンジョンの人の出入りをチェックしているようだ。

その向こうには小山みたいなものがあり、ポッカリと穴が開いていた。穴は石造りのアーチになっていて、そこから冒険者が出入りしている。彼らはみな、腰や背中に武器を差し、防具を身につけている。

あそこからダンジョンに入っていくのだろう。

エアハルトさんは前もって何人入るのか連絡していたらしく、建物の中にいた人にひと声かけるだけですんなり通ることができた。

「リン。初級ダンジョンとはいえ、なにがあるかわからないからな。絶対に俺たちから離れるなよ？」

「はい」

ダンジョンの入口で再度注意され、素直に頷《うなず》く。私は戦えないから当然だ。

初めてのダンジョンでドキドキする。

とりあえず今は、騎士たちについていこうと決め、その入口を見上げた。

視線の先には石で作られたアーチ状の入口があって、下のほうへと階段が続いている。

横幅は騎士たちが三人並んでも余裕で歩ける広さがあり、その先は底が見えないくらい真っ暗だった。

ビルさんを先頭に二列になり、新人騎士たち五人が続き、そのうしろに私とラズ、さらにアレクさんとエアハルトさんが続く。

戦闘が得意じゃない人を護衛する場合の陣形のひとつなんだって。

中に入ると、階段の途中には光るなにか——アレクさんによるとヒカリゴケが生《は》えていて、周囲は外から見たときよりもずっと明るかった。

ここに出る魔物は、ホーンラビットとスライムとゴブリン。階層が深くなると、その変異種や上位種が出るんだって。

上位種になると、ホーンラビットは大きくなって攻撃性が増すだけなんだけど、スライムは武器や防具を溶かす酸を吐いたり、毒や麻痺《まひ》させる液体を吐いたりする。

ゴブリンは剣や槍《やり》だけではなく、弓や魔法を使ったり、連携して攻撃するのが出てくるそうだ。

草原や森に出る魔物たちだけじゃなく、ここに出る魔物は新人訓練に適しているんだとか。

ゴブリンはダンジョンの中でも外でも連携してくるから、対人戦の練習にもなると教えてくれた。

「リン、薬草があるのは第五階層より先からだから、それまではおとなしく俺たちについてきてくれ」

「わかりました。第五階層になったら、採取を始めてもいいですか？」

「ああ。ただし、俺たちから離れるなよ？　アレク、ラズ。そのときは頼む」

「かしこまりました」

〈うん、頑張る。リン、護る〉

アレクさんもラズも、頼もしいなあ！

そして私は役立たずですみません！

ダンジョンに来る前に、エアハルトさんとアレクさん、ラズと仮のパーティーを組んで、冒険者ギルドにパーティー登録をしてきた。

臨時とはいえ、そうすることでパーティー内の誰が魔物を倒しても全員に経験値が入り、レベルが上がるそうだ。まるでＲＰＧみたい。

エアハルトさんとアレクさんは特別ダンジョンに何回も潜《もぐ》ってるからレベルが相当高いし、【アナライズ】によるとラズも相当高い。

なので、お二人とラズは初級ダンジョンではまったく経験値が入らないけど、レベル

1の私は経験値がぐっと上がる。

寄生しているみたいですっごく申し訳ない。だけど、エアハルトさんはレベル差があるんだから仕方ないことだし、無理に戦闘させて怪我でもしたら余計に心配するし、まったく気にしてないと言ってくれた。

うう、本当に申し訳ない。

私は本当に戦えないし、まったくの役立たずだからね。

役に立てるのは、ポーションと一部の魔法、料理くらいだ。

だけど、戦えない私を蔑《さげす》むことなく、エアハルトさんを含めた戦える人たちは優しい言葉をかけてくれる。

回復を担当する薬師やヒーラーの存在はダンジョンでは必要不可欠で、たとえ戦えなくてもきちんと仲間として見てくれるらしい。

薬師が冒険者になることはないけど、薬草採取に行くときは細心の注意をはらって護衛してくれるんだって。

騎士団の人たちが安全にダンジョンに潜《もぐ》れるよう、品質のいいポーションをたくさん作って、納品しよう。

それがきっと恩返しになる。

というか、それしかできないとも言う。

階段を下りきると、ちょっとした広場のようなスペースがある。その先には、枝分かれした道がふたつあった。

すでに何度も踏破《とうは》されたダンジョンだからなのか、マップも冒険者ギルドに売っているし、ビルさんやエアハルトさんも持っている。だけど、訓練だからと新人騎士たちにマップの作成方法などを教えていた。

罠《わな》が出てくる場所を示すような記号もあるんだって。

それらは中級ダンジョンに行ってから教えるって言っていたから、今回は説明だけにとどまったみたい。

説明が終わると、今度は新人五人の騎士たちを先頭に歩き始める。その次にビルさん、私とラズ、エアハルトさんとアレクさんが続いた。

第一階層はよくある、洞窟《どうくつ》タイプのダンジョンらしい。

警戒しながら慎重に進み、出てくる魔物を倒したり、見つけた宝箱の中身を回収しつつ、第二階層へ下りる階段を探す新人騎士たち。

新人と言ってはいるけどダンジョンに潜《もぐ》るのが初めてなだけで、普段から魔物を狩っているからなのか、その動きは危なげない。

そんな様子を、エアハルトさんもビルさんも、満足そうに頷《うなず》きながら見ていた。

ダンジョンで魔物を倒すと、その姿が光の粒子となって消えたあと、アイテムを落とす。これをドロップアイテムと言うんだそうだ。

ホーンラビットは角や毛皮、お肉に尻尾《しっぽ》、魔石を落とす。

スライムは魔石とスライムゼリーを落とす。スライムゼリーは用途が様々で、畑に撒《ま》く肥料や食用にもできるんだって。

すんごい気になる、スライムゼリー。

あとでもらうか、ラズに頼んで倒してもらおうかな。私も参加してもいいし。

そしてゴブリンは魔石と、彼らが持っていた錆《さ》びた武器や防具を落とす。

これらを鍛冶屋《かじや》に持っていくと鋳潰《いつぶ》して、ちゃんとした武器や防具として造り直してくれるそうだ。

ただし、それができるのはギルドに登録してから一年以内のＦランク冒険者のみで、三回までという制限があるらしい。

すぐにいい武器や防具を買えない新人は、まずはゴブリンが落としたものできちんと戦えるようになり、それからお金を貯めて自分のものを買いなさい、ってことみたい。

まあ、何事にも楽をするな、楽なんてないってことなんだろう。

ゴブリンが落としたものから自分の武器や防具を作るまでは、冒険者ギルドでそれらを貸与《たいよ》してくれる制度もあるそうだ。

これは、自力で武器を買えない孤児たちやスラムの人、農村などから出てきた人限定の制度らしい。だから誰もが武器を借りられるわけではない。う～ん、世の中世知辛い。たしかに孤児やスラムの人だと、冒険者に登録するまで稼ぐのも大変だろうしね。

それから二時間ほど、探索しながら歩いたところで下への階段が見つかり、次の階層へ慎重に下りていく。

その先も洞窟《どうくつ》タイプのダンジョンで、そこも難なく攻略していく。

第三階層に下りる手前に魔物が一切寄ってこないエリア——セーフティーエリアがあって、そこで昼食を摂ることになった。

初級ダンジョンのセーフティーエリアは各階にひとつずつあるそうで、疲れたらそこで休憩を取るらしい。もちろん野営もできる。

魔物を気にしないで眠れるのはいいことだけど、中には窃盗をする冒険者もいると言っていたので、注意は必要だと思う。

そしてこの場所は、マップに必ず記載されているそうだ。

ようやく休憩ということで、薬師の役目として、疲れが取れるミントティーを配った。

これは事前に準備していたもので、水筒に入れて持ってきたものを各自のカップに注《つ》いで回るだけだった。

お昼は騎士たちが用意してくれた、野菜たっぷりで干し肉の入ったスープと硬い黒パン。

スープの味付けは塩だけだけど、乾燥野菜や乾燥キノコ、細かく刻んだ干し肉が入っているからなのか、それらの味が染《し》み出していてとても美味《おい》しい。

パンは、なんていうのかな……フランスパンをもっと硬くした感じで、ライ麦パンや全粒粉パンのような味がする。

黒パンもスープに浸すと柔らかくなって、食べやすい。

「美味《おい》しいです！」

「リンちゃんの口に合ってよかったよ」

料理は交代ですることになっていて、私はお茶と夜の食事を任されている。私も頑張って作りますよ〜。

「この紅茶も美味《うま》いよ、リンちゃん」

「疲れが取れるし、ミントが口の中をさっぱりさせてくれるな」

「ありがとうございます」

ミントティーを飲んだことがなかった騎士たちは、最初は恐る恐る飲んでいたんだけど、飲むごとに疲れが取れるとわかってからは、笑みを浮かべて飲んでいた。

休憩している間、騎士たちはずっと今後の相談や今までの反省をしていて、それを聞いているだけで勉強になる。

たとえば、スライムを狙うときは体の中にある核を狙うと一発で倒せるとか、ゴブリンの中には魔法や弓を使う者がいるので、彼らを先に倒したほうがいい、などだ。

これから先、私だってラズと一緒にダンジョンに潜《もぐ》ったり、森の奥に行く可能性がある。

だから、エアハルトさんに頼ることなく魔物を倒せるように訓練しようと決めた。

アントス様は薬師と相性がいい攻撃魔法を授けてくれたしね。

できるかどうかはわからないけど、それを使って倒そうと思う。

休憩も終わり、三階層の攻略を進めていく。

今のところ順調に進んでいるらしく、エアハルトさんもビルさんも機嫌がいい。

なので、さっき自分で決めた通り、勇気を出して私も戦闘に参加することにした。

ずっとおんぶに抱っこの状態でいたくないし、さすがに情けないよ。

「あの、エアハルトさん。スライムゼリーが欲しいんですけど、戦ってもいいですか？」

「ん？　スライムゼリー？　なんに使うんだ？」

「もちろん主には薬草の肥料用です。でも、料理にも使えそうなので、いろいろと試してみたくて、数が必要というか……」

「ふーん……」

スライムゼリーといえば、ファンタジー小説でも定番だった。

寒天《かんてん》やゼラチンの代わりに使えるはずだから、ゼリーが作れるんじゃないかと思ったのだ。

それに、もしかしたら糊《のり》が作れるかもしれない。

不思議なことに、この世界には糊《のり》がないんだよね。

とはいえいろいろ試作したり実験したりしてみないとわからないから、ダンジョンではやらないよ～。

「まあ、スライムくらいなら大丈夫か。いいぞ。次に出たら戦ってみろ」

「ありがとうございます！　ラズ、お手伝いをお願いね」

〈うん！〉

今まで戦闘らしい戦闘をしていなかったからなのか、ラズから嬉々とした答えが返ってくる。

それに若干苦笑しつつ、私はまず攻撃魔法ではなく【生活魔法】で戦えないか考える。

攻撃魔法を使うには、まだちょっと怖いし。

「お、ちょうどいいな。リン、あそこにスライムが三体いる。あれでどうだ？」

「やってみます。ラズ、アレクさん、私も試しに戦ってみたいので、一体は残してください。もしどうしても倒せなかったらフォローをお願いしてもいいですか？」

「構いませんよ」

〈任せて！〉

エアハルトさんとビルさん、新人騎士たちが驚いていたけど、これぱっかりはやってみないとわからない。

なので、まずは【生活魔法】で氷を出し、それをスライムに投げつけた。

ひゅん！　と鋭い音を立ててスライムにぶつかる氷の塊《かたまり》。だけど、ぼよん、と凹《へこ》んだだけで、ダメージになってないみたい。

それならばと覚悟を決め、私が唯一使える攻撃魔法である【風魔法】のウィンドカッターを、さっき騎士たちから聞いた通り、核を狙うように放つ。

すると、見えない風の刃はスライムのぶよぶよとした体と中の核をスパンッ！　と切った。スライムは光の粒子となり、アイテムをドロップする。

おお、倒せたことが嬉しい！

「やったー！」

〈リン、やったね！〉

「お見事です、リン」

「おー、できたな」

「はい！」

最弱のスライムごときで喜ぶな、と言ってはいけない。これまでは怖くて、どうしても自分の手で命を奪う覚悟ができなかったのだ。

ダンジョンではまたリポップ——再び出現するからゲーム感覚でいられる。とはいえ、命を奪うことに忌避《きひ》感もあった。

それをゲーム感覚ではなく、実際の感覚として自覚する訓練でもあるのだ。

この世界で生きていかなくちゃいけない以上、誰かに任せっきりになんてできないし、ずるずると寄生するように生きていくのも嫌だ。

だからこそ、覚悟を決めた。

そんな私の覚悟を知ってか知らずか、優しい目で見てから頭を撫《な》でるエアハルトさん。

その手つきの優しさと眼差しにドキリとするけど、今はそれどころじゃない。

〈リン、持ってきた〉

「ありがとう」

私とラズ自身が倒したスライムから落ちたものを、籠《かご》に入れて持ってきた。ドロップしたのは、魔石とスライムゼリーだ。

その籠《かご》の中に、アレクさんが倒したものも入れてくれた。

「ありがとうございます、アレクさん」

「どういたしまして。ところでリン、そのスライムゼリーはどのように使うのですか？」

「実験をしてみないとなんとも言えないんですけど、さっきも言ったように料理や肥料として使おうかと思って」

「どのような料理か聞いても？」

「それは帰ってからのお楽しみ、ってことで！」

スライムゼリーをどうやって使うのか、興味津々《きょうみしんしん》なアレクさん。

じっと見つめてくるけど、帰るまで教えませんよ！

籠《かご》の中身を麻袋《あさぶくろ》に入れたあとリュックの中へしまい、また警戒しながら歩き出す。

するとまたスライムが出たので倒したいとお願いし、戦わせてもらった。さっきの感覚を思い出しながら、今回も同じように核を狙ってウィンドカッターを放つと、狙い通り核を切り裂き、スライムは光の粒子になって消えた。

ドロップしたのは、やはりスライムゼリーと魔石だ。

そんな感じでスライムを中心に、戦闘に参加した。

他にも、一体や二体だけで出てくるゴブリンやホーンラビットと戦闘させてもらいながら歩き、第四階層へと続く階段を発見したので下りる。

第四階層も洞窟《どうくつ》で、ここでも第三階層と同じように、スライムを中心に五回に一回は戦わせてもらった。

そのおかげもあって、私のレベルが3まで上がった。

レベルが上がると「ピロリン♪」と音が鳴って【アナライズ】みたいなウィンドウが開き、知らせてくれるのだ。

ほんと、どうなっているのかなあ、この世界って。

やっぱアントス様が考えたのかな?

そこはよくわからないけど、このレベルの上がり方は順調なのかな?

「エアハルトさん、レベルが3になりました！　これって順調ですか?」

「お、いい感じで上がってるな。順調そのものだ。このまま行けば、攻略が終わるころにはレベルが5以上になってるだろう」

「本当ですか!?　よし、頑張ります！」

小さくガッツポーズをすると、エアハルトさんだけじゃなく、ビルさんや他の騎士たち、アレクさんにも微笑ましそうに見られた。

ほんと、私っていったいいくつに見られてるのかな⁉

ちゃんと成人してるって言ったよね⁉

そんなこんなで第五階層への階段を見つける前に夕方になってしまったので、第四階層のセーフティーエリアに移動し、野営の準備。

そこには他の冒険者もいて、騎士たちに交じって私やラズ、アレクさんがいたことに驚いていた。

その値踏みするような視線を鬱陶《うっとう》しく思いつつ、騎士たちが組んでくれた簡易竈《かまど》を使って料理をする。

といっても、干し肉と干しキノコ、乾燥野菜を使ったスープに、新人さんたちリクエストのホーンラビットバーガーを作っただけだ。

エアハルトさんとビルさんに話を聞いて、食べたかったらしい。

塩コショウをしてお肉を焼くと、あたりにいい匂いが漂《ただよ》う。

その匂いを嗅《か》ぎつけた他の冒険者が羨《うらや》ましそうに見てたけど、人数分の材料しかないんだからお裾《すそ》分《わ》けはできない。

そんな中、明らかに上級と思われる装備を身につけた冒険者グループの人たちが近づいてきて、ちょっと身構える。

人数は四人で、うち二人は女性だ。

「よう、エアハルト」

「ヘルマンじゃないか、久しぶりだな！」

「おう、久しぶり！　特別ダンジョン以来か？」

「だな。そうだ、ヘルマン、紹介しとく。薬師のリンだ。リン、彼はヘルマンだ」

「はじめまして。魔神族と人族のハーフで、薬師のリンと申します」

「おお、魔神族の薬師とは珍しいなあ。俺は『猛《たけ》き狼《おおかみ》』のリーダーでヘルマンだ」

エアハルトさんの紹介で、お互いに名乗る。

それからヘルマンさんは、一緒にいる人たちも紹介してくれた。

なんとヘルマンさんたち『猛《たけ》き狼《おおかみ》』はSランク冒険者で、何度か騎士団と一緒に上級ダンジョンや特別ダンジョンに潜《もぐ》ったことがあるという。

今回は冒険者ギルドの依頼で、Fランク冒険者の指導と監視に来ているらしい。

「Sランクなんて凄いですね！」

「いやいや、仲間と一緒に努力してきたおかげだ」

「それでも、凄いです！　私なんてまだFランクですし……」

「そうは言うが、エンペラーハウススライムと契約してる奴なんて、どの種族にもほとんどいないからな？」

　ヘルマンさんが感心したように話すのを聞いて、私のほうこそ驚く。

「そうなんですか？」

「ああ。よっぽど相性がいいか、エンペラーに気に入られないと無理なんだわ、これが」

「へえ……」

〈リン、とても優しい波動がする。魔力も美味《おい》しい〉

「お、そうなのか。よかったな、相性のいい薬師ができて」

〈うん！〉

　楽しそうな、嬉しそうな、そんな感情のこもったラズの声に、ヘルマンさんやその仲間もくすくすと笑っている。

「そういえば、さっきパンに挟んでいたのはなんだ？」

「ああ、ホーンラビットの肉だ」

「へえ……。なあ、俺らも真似していいか？」

「いいですよ。簡単に作り方を教えますね」

ちょうど自分の分を焼くところだったので、作りながらお肉にチーズをのせたり野菜をパンに挟むだけだと説明すると、「そんなに簡単なんだ……」と驚いていた。

「焼いたりするのが面倒ですけど、野営のときでも簡単にできますよ。スープを作りながら同時に焼けば時間の短縮にもなりますし、片手で食べられるので、外での食事にぴったりです」

「たしかになあ。ああ、あと、リンは薬師だと言ってたな。すまんが、ポーションを余分に持っていないか？」

「ありますけど、誰が使うんですか？」

「ん？　Fランクの奴だ」

商人ギルドとの話し合いで、Aランク以上の人以外には、販売しないでほしいと言われている。

なのでどうやって断ろうかと思っていたら、すかさずエアハルトさんとビルさんが間に入ってくれた。

「それはダメだ」

そして、怪訝《けげん》そうにしていたヘルマンさんたちを、Fランク冒険者たちから離れた場所に連れていくと、なにやら話をし始める。私の作ったポーションに驚いたのか、ヘルマンさんたちがこちらをガン見してきた。

たぶんポーションのレベルの話をしてると思うんだけど……そんな顔をされても困る。

これぱっかりはアントス様のやらかし？　だとしか思えないし、私の事情を話すわけにもいかないし。

「まあ、そんなわけでまだいろいろ準備中だから、売るわけにはいかないんだよ。そもそも、なんで大事なポーションを用意していないんだ？　ダンジョンに潜《もぐ》るときの基本だろうが」

「まあ、そうなんだが、初級だと舐めきってるのがいてなあ」

「ほう……？　初級ダンジョンとはいえ、ポーションは絶対に必要だし、ギルドでもそう言われてるはずなんだがな。まあ、そういった輩《やから》は一度痛い目を見ないとわからないから、そのままにしとけよ」

「だな。悪かったな、リン、エアハルト、ビル」

そんな会話をしてからヘルマンさんたちは元の場所に戻っていった。

その日の夜、私は野営に慣れるために火の番をするって言ったんだけど、それは訓練がてら騎士たちがやるからいいと言われてしまい、結局自分のテントで寝ることになった。

ちょっと楽しみにしてたのに……。残念。

まあ、たしかに騎士たちの訓練に交ぜてもらったんだから、我儘《わがまま》は言えない。

「そのうち本当の野営を教えてやるから、それまで我慢しててくれ。まずはダンジョンがどういったものか、戦闘がきちんとできるのかを確認してからじゃないと、見張りはさせられない」

とは、エアハルトさんと団長さんの言い分だ。

そう言われたら、教えてもらえるまで待てばいいかと自分を納得させ、眠りについた。


翌朝。いつもの時間に目が覚め、身支度を整えてテントから出る。

「おはよう」

「おはようございます」

すぐに騎士たちから声をかけられる。

テントをしまっている間にご飯ができたそうで、それを食べた。そして食後にお茶を配り、休憩が終わればまたダンジョン内を進む。

第四階層でも特にトラブルもなく、昨日と同じように、スライムを中心に五回に一回戦わせてもらった。スライムが七割、ホーンラビットが二割、残りはゴブリンだ。

第五階層に下りると、そこは遠くに低木や林が見える、草原地帯だった。

ダンジョンなのに草原地帯？　本当にダンジョンって不思議なところだなあ。

「じゃあ、リン。採取を始めてもいいぞ」

「ありがとうございます！　ラズ、一緒にお願いね」

〈うん！〉

ラズに麻袋《あさぶくろ》を数枚渡し、私も採取用のナイフと麻袋《あさぶくろ》を用意して周囲を見回す。

薬師のスキルにある【薬草探索】を発動すると、いろんな色の下向き三角の印が見えた。

このスキルは色によって薬草の種類が分けられているから、とても助かるのだ。

「おお……種類がこんなにいっぱい！　エアハルトさん、ダンジョンの中の薬草は、全部採っても大丈夫なんですか？」

「構わないが、全部は採りきれんだろう。不思議なことに一日経過するとまた生《は》えてくるが、これから来る奴らや、ダンジョンの採取依頼を受けている奴のために少し残してくれ」

「なるほど。わかりました」

エアハルトさんの説明に納得する。

商人ギルドの採取依頼は十本一束が基本単位。

なので今回は商人ギルドの基準に従い、各種三束ずつ採ることにした。

それをラズにも説明すると、〈うん〉と頷《うなず》いて三束ずつ採ってくれることになった。

私の分と合わせて六束分あれば、それなりの量のポーションを作れる。

騎士たちと一緒に移動しながら、断りを入れて採取したり戦ったりしているうちに、第六階層への階段が見えてきた。

「よし、順調だな。だが、慢心はするなよ？　それが一番危ない」

「「「「はい！」」」」

新人騎士たちに交じって私も返事をすると、エアハルトさんとビルさん、アレクさんに頭を撫《な》でられた。

子どもじゃないのに……とほほ。

第六階層に下りるとさっきと同じような光景が広がっていたけど、低木の量が若干増え、林が森っぽくなっていた。

今度は第五階層以上に採取していいと言われたので、嬉々としてラズと一緒に採取しまくった。もちろん、全部は採らなかったよ？

外にあった薬草の他に、オレガノとレモンバームもあるから、助かる。

どっちも草原や森にはなくて、商人ギルドや露店で買っていたものだったからだ。

もしかして階層が下がるごとに森が深くなるんだろうか？

その予想は当たりで、第七階層はほとんど森だった。

「ここからは視界が悪くなる。だがやることは外の森と同じだ。それぞれ【索敵】や【探査】を忘れず、警戒しながら行くように」

ビルさんの話に、今まで以上に警戒する騎士たちとラズ、アレクさん。もちろん、エアハルトさんとビルさんも警戒している。

それを見ながら【薬草探索】を発動すると、今度は薬草類だけじゃなく、果物やキノコなんかも出てきた。これは嬉しい！

便利なんだよねー、この【薬草探索】って。果物や野草も探索してくれるから。

まあ、キノコや野草、果物も、種類によっては薬やポーションの材料になるものがあるから、当然なんだけどね。

これは薬師特有のスキルで、同じ探索系でも、他の職業のそれとはまた違ったものだとアントス様が言っていた。

たとえば、料理人には【食材探索】というスキルがあって、その名前の通り、食材を探索することに特化しているんだそうだ。

鍛冶師《かじ》が材料を採掘するときに使うのは【金属探索】だし、騎士が魔物を見つけるときに使うのは【魔物探索】といった感じだ。

【食材探索】で薬の材料を探すこともできるけど、食材として使えるものに限られる。それに薬のレシピを知らなければ、見つけたところで薬の材料だと認識することはできないし。

ダンジョンにこういった食材があるのは、ある意味救済措置のようなもので、食料や食材がなくても生きていけるようになっているんだとか。

ダンジョンによっては、魔物を倒すとお肉がドロップするところもあるんだって。

このダンジョンのホーンラビットのように。

本当に不思議だなあ、ダンジョンって。

騎士たちは【アナライズ】を発動したのか、視界に入った果物を数秒見つめ、食べられそうなものを採っている。

【アナライズ】でも食べられるかわからないものは、私がアントス様情報をもとに判断した。

迷っていた騎士に教えてあげると、まさか本当に食べられると思ってなかったらしく、驚かれた。

そりゃあ驚くよね……綺麗《きれい》な赤い色の皮に黄色の斑点がある木の実なんてさ。

皮を剥《む》いてみると中には大きな平べったい種があり、実の色はオレンジ色。

アップルマンゴーみたいな感じだ。

【アップルマンゴー】
とても甘い果物
若干疲れが取れる
種は食べられないが、皮の部分は紅茶に入れることもできる
ジュースにしても美味《お》《い》しい

こんな説明が出て、まんまじゃん！　って内心で笑ってしまった。

その近くには、バナナもあった。

買ったやつもそうだったけど、バナナは地球のよりも味が濃厚だったし、アップルマンゴーは味が地球のものと似ていてとても美味《お》《い》しかったので、ふたつともたくさん持って帰ることにした。

商会や露店に売ってないんだよね、アップルマンゴーって。

ジュースにすれば、スライムゼリーを使ってゼリーかマンゴープリンが作れるかもし

れない。ジャムやフルーツソースにしてもいいだろうし。

皮はお茶になるから取っておく。戻ったら皮も果肉も天日で乾燥させるつもりだ。紅茶に入れるなら生でもいいけど、やっぱり皮は乾燥させたほうが美味《おい》しいしね。果肉はドライフルーツにするつもり。

バナナはミルクや他の果物と混ぜてスムージーみたいにするのがいいかな。プリンのトッピングに使ってもよさそう。

オーブンを使ってチップスにしてもいいし、パウンドケーキに入れてもいいかも。

冷凍庫がない世界だから、そのまま凍らせることはできないけど、もしかしたら【生活魔法】の氷で凍らせることができるかもしれないので、そこは帰ってから実験です。

ただ、ミキサーがあるかどうかがわからないから、これはあとで調べようと思う。なかったら、諦《あきら》めてジュースにしよう。

アップルマンゴーが美味《おい》しいとわかってからは、騎士たちも見つけたら採っていた。それらのことをアレクさんにも話すと、彼も一緒にやってみたいとのこと。

快諾したら嬉しそうな顔をした。

第八階層に下りると、夕方の四時を過ぎていた。今日はこのまま野営をするそうなので、戦闘や採取をしながら、セーフティーエリアへと向かう。

するとそこには、ヘルマンさんたちとは違う冒険者がいた。数は五人ほどで、そのうちの一人が近づいてくる。

「おや、エアハルト殿ではござらぬか」

「よう、カズマじゃないか。珍しいな、初級ダンジョンで会うなんて」

「拙者《せっしゃ》も新人訓練でござるよ」

「なるほどな。上でヘルマンと会ったが、同じか？」

「ああ。こちらはEランクでござるよ」

そんな会話をしている二人を放置し、お侍さんみたいな喋《しゃべ》り方だなあ……なんて思いながら、まずは全員に飲み物を配る。

するとエアハルトさんに名前を呼ばれ、手招きされた。

「カズマ、この子は薬師のリンだ」

「おお、薬師殿でござるか！　はじめまして、カズマと申す」

「はじめまして。薬師のリンです。よろしくお願いします」

「こちらこそ。ところで、リン殿は店を持っているでござるか？」

「今作ってもらっている最中なんです。最低でも三ヶ月はかかると言われたので、その間にレベルと職業ランクを上げるために同行させてもらっているんです」

私の話に、なるほど、と頷《うなず》くカズマさん。

カズマさんはソロで潜《もぐ》っているSランク冒険者なんだって。

ソロって一人ってことだよね？　凄いなあ。

「店はどこに出すでござるか？」

「えっと、その……」

まだお店の場所を公表してはダメだと言われていたから言い淀《よど》んでいたら、エアハルトさんが間に入ってくれた。

「カズマ、ちょっとこっちに来い」

「どうしたでござる？」

おお、既視感《デジャヴュ》だよ。きっとヘルマンさんたちと同じように驚くんだろうなあ……

そう思っていたら、やっぱり同じように私をガン見していて、笑ってしまった。

「お店ができたら来てくださいね」

「もちろんでござるよ。では、連絡先を交換しよう」

「いいですよ」

ギルドタグを使い、連絡先という名のメールアドレスみたいなものを交換する。

なんと、ギルドタグは身分を証明するだけじゃなく、個人の連絡先が交換できるような機能がついているのだ。

電話機能はないけど、メールに似たようなことができる。

三百文字という文字数制限があるもののショートメールとして使えるし、電波ではなくその人の魔力で文字を飛ばすらしいので圏外もない。

本当に不思議な世界だよねぇ。

ギルドタグで連絡先を交換したあと、カズマさんは自分たちの仲間のほうへと行き、私は夕食の準備を始める。

スープとパン、さっき見つけた薬にもなるキノコと持ってきたブラウンボアのお肉、乾燥野菜を戻してから野菜炒めを作った。

デザートはバナナにし、ミントティーを作った。

カズマさんはミントティーと野菜炒めに興味津々《きょうみしんしん》だったらしく、ヘルマンさんと同じように作り方を聞いてきたので教え、アップルマンゴーをお裾分《すそわ》けした。

最初はその色に顔を引きつらせていたけど、一口味見をしたら気に入ったようで、セーフティーエリアから出て採取しに行ってしまった。

ものの数分で帰ってきたカズマさんは新人たちにもお裾分《すそわ》けし、一緒に食べていた。

食事が終わったあとはテントに潜《もぐ》り込んで、ポーション作りをする。

第六階層になってから出てきた、毒や麻痺《まひ》の能力を持っているスライムにやられて、ポイズンポーションとパラライズポーションの消費が多かったんだよね。私も使ったし。

なので、念のためポイズンポーションとパラライズポーション、加えて普通のポーションも作っておいた。


そして翌朝。しっかりご飯を食べてからポイズンとパラライズをエアハルトさんとビルさんに渡した。

やっぱり数が心許なかったみたいで、感謝された。作っておいてよかった！

第八階層では、敵が上位種に変わったからか経験値があっという間に溜まり、レベルが5になった。

「ウィンドカッター！」

「いい感じだぞ、リン。その調子で頑張れ」

「はい！」

ゴブリンが三体出てきたので、ラズとアレクさんと一緒に戦う。一体を任されたので、【風魔法】で攻撃した。

うまい具合に真ん中に当たり、真っ二つに切れてゴブリンは光の粒子となって消える。

ドロップアイテムは魔石と、ゴブリンが持っていた錆《さ》びた剣だ。

これらは冒険者ギルドに売って、エアハルトさんに返すお金や店の運営資金に回すつもりでいる。

そのあともスライムやゴブリン、ホーンラビットと連続で戦闘すると、すぐにレベルが6になったのには驚いた。

戦闘は、相変わらずウィンドカッターでスパッ！　と切っている。

レベルが上がったからなのか、ここに入ったときよりも楽に歩けているし、疲れにくくなっているのがわかる。そして魔法の威力も上がっている気がする。

騎士たちも順調に戦闘をこなし、連携もうまくなってきているのか討伐スピードが上がっていて、エアハルトさんもビルさんも満足そうに頷《うなず》いている。

騎士たちもそれがわかっているのか、休憩したときは嬉しそうに成果を話していた。

私とラズのことも褒《ほ》めてくれたから嬉しい！

第八階層の探索も終わり、第九階層の階段を見つけたので下りていく。

今度は森と岩山みたいな感じの景色に変わった。遠くには山も見える。

「ほえ〜……」

その景色に唖然《あぜん》として、思わず変な声が出てしまう。

それは新人騎士たちも同じだったようで、私みたいに声は出さなかったけど、あんぐりと口を開けていた。

「ここからは連携が重要になってくる。さっきまでは二体から三体で連携、またはバラバラに動く魔物しかいなかったが、ここからは一気に五体に増え、俺たちのように連携してくる。特にゴブリンは注意が必要だ」

「ソルジャーやアーチャー、メイジかウィザードがいる場合もあるから、どいつを先に倒し、誰が担当するのかしっかり話し合え。いいな？」

「「「「はい」」」」

「人型の魔物との戦闘訓練にもなる。いろんなパターンの連携をしてくるから、いい訓練になるはずだ。頑張って励んでくれ」

「ただ、弱くとも油断はするなよ？　その油断が命取りになる」

「「「「はい」」」」

ビルさんとエアハルトさんの言葉に、騎士たちは真剣に頷《うなず》いている。

戦闘に慣れている騎士たちといえど、油断すると大怪我をするってことなんだろう。

なんだかんだで、スライムの毒や麻痺《まひ》をくらっていたしね。

そこは私も気をつけないと。

まあ、私は騎士たちや昨日会った冒険者たちよりもまだまだ弱いとわかっているから、慢心したりしない。

戦闘も、今のところエアハルトさんとビルさんが許可したのしか倒していないしね。

主に、スライムゼリーとホーンラビットのお肉狙い。そして、たまにゴブリンの錆《さ》びた武器と防具狙いですが、なにか？

「リンのレベル的にこの階のゴブリンを倒すのはきついだろう。この階からゴブリンは主に新人に任せるから、リンはスライムだけを狙っていけ。あとはホーンラビットだな」

「はい」

「もしゴブリンに遭遇したら、アレクとラズ、俺に任せておけ。いいな？」

「はい」

「お前たちもそれでいいか？」

「「「「はい」」」」

第九階層からは今まで以上に敵が強くなるそうだ。

騎士たちのレベルは20あるからそれほど心配はないけど、私はまだ6だからちょっと不安だ。

でもホーンラビットと戦えるとなると、もしかしたらお肉をゲットできるかもしれない。

戦っているのに、今のところまったく出ていないんだよね、お肉。だからお肉をゲットしたい。

ダンジョンに潜《もぐ》っている予定期間はあと三日。

順調すぎるくらいにいい感じのスピードで進んでいるそうなので、採取に時間をとってもいいと言ってくれた。

それを聞いて、嬉しくて「やった！」とガッツポーズをすると、騎士たち全員が肩をぷるぷる震わせて笑った。

アレクさんは微笑ましそうな顔をしているし。

「……私はいったいいくつに見られているんですか？　成人してるって言いましたよね？」

「いやあ……わかってはいるんだがな？　小さいし動きが可愛いから、つい、な」

「つい、じゃないですよ、もう！」

少しだけ膨《ふく》れっ面をしたところでさらに微笑ましいと言わんばかりな顔をされるだけで、誰も慰《なぐさ》めてくれないのが悲しい。

内心ガックリと項垂《うなだ》れつつ、今はダンジョンにいるのだからと気を引き締め、【薬草探索】を発動して周囲を見回す。

生《は》えている薬草の種類はまったく変わらなかったけど、果物はバナナやアップルマンゴーの代わりに、王林《おうりん》に似た青リンゴと赤いリンゴ、さくらんぼのなっている木があった。

さっきのもそうだけど、季節感まるでなしなのはなんでだろうね？　ダンジョンだからかな？

まあ、私は嬉しいから、問題ない。

不思議なことに、騎士たちは青いリンゴは採ってるけど、赤いリンゴとさくらんぼは採らなかった。

それに、全体的に赤いものを避けているように見えるけど、なんでだろう？

不思議に思って隣にいたアレクさんに質問すると、赤や黄色の果物はそんなにないし、この国や周辺国でも見たことがないという。

残念だなあ、美味《お い》しいのに。

休憩のおやつに出してあげようと、アレクさんにお願いして青いリンゴを、私は赤いリンゴとさくらんぼを採る。

ラズには薬草の採取をお願いした。

最初、赤い果物を採る私を見て騎士たちやアレクさんが怪訝《けげん》そうにしていたけど、休憩時に赤いリンゴとさくらんぼを出してあげると、その甘さとジューシーさに驚いて、貪《むさぼ》るように食べ始めたのには笑ってしまった。

そのあとは他のみんなも、赤いリンゴやさくらんぼをしっかり採取していた。

団長さんや他の騎士たちのお土産にするんだって。

赤いリンゴは、ジョナゴールドみたいな味だった。ジャムにしてもいいかも。

青いリンゴも食べたけど、こっちは王林《おうりん》よりも紅玉《こうぎょく》に近い味だったから、アップルパイを作るのにいいかもしれない。

シナモンがあるかどうかわからないけど、市場で探すか商人ギルドに聞けばいいことだしね。

さくらんぼはチェリーパイにしてもよさそう。

リンゴの皮と芯は紅茶に入れようと、別々の麻袋《あさぶくろ》に入れて、【無限収納《インベントリ》】にしまってある。

マンゴーの皮と同じように乾燥させて、フレーバーティーとして飲むつもりだ。

青いリンゴなら普通に出回っているし、オレンジもある。

皮を乾燥させて紅茶と一緒に淹《い》れればフレーバーティーになるんだから、アレクさんも喜ぶだろう。アレクさんからガウティーノ家に教えてもらえば、あっという間に貴族にも広がると思う。

「アレクさん、アップルティーっていうのがあるんですけど、興味ありますか？」

「紅茶の種類でございますか？」

「はい。フレーバーティーとも呼ばれるものなんですけど、飲んでみますか？」

「是非！」

「リン、俺たちにもくれ」

「わかりました」

リンゴのおかわりも欲しいと言うので切り分け、残った皮と芯を鍋に入れる。

その中に茶葉を入れて沸かし、濃いめに淹《い》れたら【生活魔法】で氷を入れて冷ます。

ホットだと飲みにくいだろうし、アイスティーまでいかなくてもそこそこ冷えれば美《お》味《い》しいと思う。

「どうぞ」

「ありがとう」

全員に配ると、私も飲みながら【アナライズ】を発動する。

【アップルティー】

リラックス効果があるお茶
リンゴの皮や芯と一緒に煮ることで、リンゴ味の紅茶になる
リラックス効果持続時間：十分

その説明にちょっと凹《へこ》む。

「あー、ダンジョンの中なのにリラックス効果がついちゃった。失敗した……」

「まあ、持続時間が十分だからいいだろう。休憩時間が終わるころ、効果が消えるはずだからな」

「すみません、エアハルトさん」

「いや、大丈夫だ。リンも知らなかったんだろう？　それに、飲みたいって言ったのは俺だからな。気にするな」

「はい」

エアハルトさんって優しいなあ。失敗しても、あまり叱ったり怒ったりしない。

反省しなかったら怒るんだろうけど、ちゃんと反省すれば許してくれるのだ。

ただし、次に同じことをすると嫌味が混じるから、失敗は許されないんだよね。

私はそんなに戦闘をしていないけど、騎士たちは違う。

同じ失敗を繰り返し、それが国民に迷惑をかける場合もある。だからこそ、騎士たちには厳しく指導しているようだ。

「お。お茶のリラックス効果も切れたな。そろそろ第十階層に下りる。そこから先はボス部屋しかないから、必要なものがあれば今のうちに採取しておけよ、リン」

「はい。今のところ必要数は採取できているので問題ないです」

「そうか。お前たちはボス戦に備え、準備を万端にしておけ。ポーションは大丈夫か？　足りなそうなら、今のうちにリンに言え」

エアハルトさんの言葉に、騎士たちが装備やポーションの確認をしていく。

特に足りないものはないそうで、そのままボス部屋の手前まで移動することになった。

ここの初級ダンジョンのボス部屋は人数制限があり、六人までしか入れないんだって。

だから二チームに分かれて倒すことになっている。今回ボスに挑戦するのは、ビルさんや新人五人のチームと、エアハルトさんとアレクさん、ラズと私のチームだ。

守られているだけではダメで、せめて攻撃をひと当てするか、ポーションや回復魔法を仲間に使うかしないと、踏破《とうは》したとみなされない。

つまり、戦闘になにかしら参加しないと、ダンジョンを踏破《とうは》したことにならないそうなのだ。

本っ当〜に不思議だなあ、ダンジョンって。

まずはビルさんと騎士たちが入っていく。すると扉が閉まり、なにも聞こえなくなった。

そして、ビルさんを含めた騎士たちが戦っている間に、私たちはボス戦の作戦会議。

「リン、今のうちに戦闘の確認をしておくぞ。俺とアレクは踏破《とうは》しているが、リンがここを踏破《とうは》するには、お供かボスにひと当てしないといけない」

「私がひと当てするのはわかるんですけど、ラズはどうするんですか？」

「ラズはリンと契約しているから、従魔や契約獣の扱いになる。だからラズが当てなくてもいいんだ。逆に言えば、ラズが当てればリンが当てたことになって、ギルドカードに踏破《とうは》したと記録が残る」

「そうなんですね。だけど、ラズだけじゃなくて、私もきちんと戦ったほうがいいんですよね？」

「ああ」

「なら、戦闘を頑張ります」

本当はとても怖いけど、凄く強いエアハルトさんとアレクさん、ラズがいる。

扉が閉まったら、魔物のどれかにひと当てして、エアハルトさんとアレクさんが前衛として突っ込む。

そのあと、ボスを攻撃してＨＰをギリギリまで削るか足止めをし、できるだけ私が攻撃をしつつ、最後の一撃を加えることになった。

もし残っているお供が私のほうに来たら、ラズが護衛しつつ倒す。

もちろん、私が倒してもいい。

だったら、できるだけ努力してみよう。

そんなことを話していると、扉が開く。ビルさんたちの戦闘が終わったみたい。

ここのダンジョンボスはランダムに出現するので、スライムなのかホーンラビットなのかゴブリンなのか、どのボスが出てくるかわからないらしい。

なので、そこは出たとこ勝負。

どれが出てもいいように対策だけは教わったし、エアハルトさんが指示を出してくれるというので、頷《うなず》く。

「終わったようだな。じゃあ行くか。待ち合わせは第一階層だ」

「はい」

エアハルトさんの言葉にみんなで部屋に入ると、すぐに扉が閉まった。すると今度は奥にある扉が開き、魔物が出てくると、その扉も閉まった。

出てきた魔物はビッグスライムという、ラズの五倍は大きいおばけカボチャのような緑色のスライムと、ラズよりも一回り大きいグレーのスライムが十匹。

グレーのやつは、某国民的ＲＰＧのやたら硬くて逃げ足の速い、倒すと高い経験値が得られるスライムの色に似ている。

「リン、いいぞ」

「はい！　ウィンドカッター！」

こっちに向かっていた真ん中のスライムを狙い、ウィンドカッターを放つ。

攻撃は真ん中にいたグレーのお供スライム四匹を切り倒してビッグスライムに当たり、そのまま消えた。

怒ったようにプルプルと震えるビッグスライム。

それと同時にエアハルトさんとアレクさんが走り出し、グレーのスライムをスルーすると、ビッグスライムへと向かった。

「ラズ、残ったお供スライムをリンと一緒に倒してくれ。リンは俺が合図したら、ボスにもう一回ウィンドカッターを放て！」

〈うん！〉

「はい！」

エアハルトさんの言葉にラズは素早く移動し、お供スライムに向かう。そして触手《しょくしゅ》のようなものを出して縛り、体内に取り込むともう一匹も同じように捕獲する。

するとラズの体内にいた二匹のスライムがあっという間に消えてしまった。

その間に私もウィンドカッターを発動して、お供スライムを倒していく。

「いいぞ、リン！」

「はいっ！　ウィンドカッター！」

エアハルトさんの指示に従って魔法を放つと、アレクさんとエアハルトさんがその場から飛びのく。

遅れてウィンドカッターがビッグスライムをスパンッ！　と真っ二つに切った。

だけど、核を切ることはできなくて、すぐに元に戻ってしまった。

再び怒ったように震えるビッグスライム。

そこでエアハルトさんとアレクさんが、【土魔法】のストーンウォールと、【水魔法】のウォーターウィップを、ビッグスライムの足元に放つ。

そのタイミングで、今度は狙いを外さないように、連続でウィンドカッターを放つ。

放ったのは全部で三つ。

そのうちのひとつが核に当たり、ウィンドカッターによって四つになったスライムは、呆気なくその姿を光の粒子に変えた。

しばらくそのまま警戒していると、エアハルトさんとアレクさんが息を吐き、剣を鞘《さや》に収めた。それを見て、私も肩の力を抜く。

「ふう……。当たってよかった！　ビッグスライムの足止めをしてくれてありがとうございます、エアハルトさん、アレクさん」

「「どういたしまして」」

ビッグスライムのいたあたりにはやたらと大きいスライムゼリーと魔石、装飾が施《ほどこ》されたナイフのようなものが落ちていた。

私が持っているナイフよりも大きいから、もしかしたら短剣かもしれない。エアハルトさんに買ってきてもらった短剣の大きさに似てるしね。

それを眺めていると、「よく頑張った！」と頭を撫《な》でながら、褒《ほ》めてくれたエアハルトさんとアレクさん。

だから、私は成人してるんだってば！

ボスを倒したことは嬉しいけど、内心もやもやする。そんな私の目の前に宝箱が出現した。蓋《ふた》を開けると金貨が入っていた。その数、三十枚。

おおう……多くない⁉

驚いているうちに、エアハルトさんが短剣を拾っていた。

「珍しいな。レアドロップだ」

「レアドロップってなんですか？」

「滅多《めった》に出ないアイテムってやつだな。……ほう、いい短剣だ。これならリンに持たせるのにちょうどいいだろう。アレク、リンに渡していいか？」

「もちろんです。あのナイフや短剣でもいいですが、折れてしまったときのためにもう一本持っていたほうがいいと思います」

　エアハルトさんとアレクさんの会話に驚く。

「私がもらってもいいんですか？」

「ああ。リンが頑張って倒したんだから」

「そうでございますよ。初ボス撃破、初ダンジョン踏破《とうは》のお祝いだと思えばいいのです」

「そうですか……。ありがとうございます、エアハルトさん、アレクさん」

「いいって。とりあえずそれは鞄《かばん》にしまっておけ。帰ったら剣帯《けんたい》――短剣を身につけるためのベルトを作ってもらおう」

　エアハルトさんの言葉に頷《うなず》き、全員で他のドロップ品も拾う。と言っても、お供が落としたのはスライムゼリーと魔石だけだった。

　ビッグスライムのよりも小さいものの、今まで戦ってきたスライムの倍以上も大きい。

それも私にくれたので短剣と一緒にリュックにしまったとき、ボスが出てきたのとは違う別の扉が開いた。そこまで歩いていくと丸い魔法陣のようなものがあってそこが光り、石柱が出現した。

「これが帰還の魔法陣と石柱だ。このダンジョンには第五階層とこの階層に帰還の魔法陣があるんだ」

「へえ……凄いですね」

「仕組みはよくわかっていないんだけどな。ただし、この階から第五階層に飛ぶことはできないし、踏破《とうは》したとしても第五階層からこの階層に来ることもできない。本当に帰還するためだけの魔法陣なんだ」

「これはこの初級ダンジョンだけの仕様でございますよ。ダンジョンによって、また違いますので」

「それはそのときにまた説明するな。さあ、帰還するぞ。この石柱に触ると一瞬で第一階層に戻れるし、これに触って第一階層に戻らないと、踏破《とうは》したことにならないからな」

「わかりました」

じゃあ帰るぞ、というエアハルトさんの言葉に従い、ラズを肩に乗せてから淡く光っている石柱に触れる。

一瞬のうちに、数日前に見た洞窟《どうくつ》に戻った。

そしてそこには、先に戦ったビルさんたちが。

ポーションで治らないような怪我はしていないようで、安心する。

「お、無事に倒せたんだな」

「ああ、リンがな」

「そうか、凄いな！　よし。全員揃《そろ》ったな。これより帰還する」

ビルさんの号令に従い、移動を始める。外に出ると陽が少し翳《かげ》っていた。

ビルさんが褒《ほ》めてくれて、嬉しい！

帰りもラズが薬草を採取しながら移動してくれたので、私はほとんどなにもしていない。

そのときに聞いたんだけど、初めてダンジョンボスを倒した人の前には、宝箱が現れる仕組みなんだって。初級ダンジョンは金貨が出る確率が高いらしい。

他にも、ダンジョンによっては武器や防具が出る場合もあるんだそうだ。

なるほど～、納得した！

そして王都の門に着いたのは夕方の四時ごろだった。

そのまま冒険者ギルドに行って報告し、石版のような四角い読み取り機に順番にギルドタグをのせ、内容を読み取っていく。

ダンジョンを踏破《とうは》したとか、現在のレベルとかがタグに記載されるんだって。

それが終わると各人にタグが返された。

そのタグを見るとランクがFからDに上がっていて、レベルも8になっていた。ランクが上がったのは、ダンジョンを踏破《とうは》したからなんだって。踏破《とうは》すると、必ずDランクになるんだとか。

レベルが低いのに、いいのかなあ……と申し訳なく思った。

そしてタグの裏には、初級ダンジョン踏破《とうは》の文字が。

それを見たらダンジョンを踏破《とうは》したんだと実感が湧いてきて、嬉しくなる。

そのあと、倒した魔物のドロップアイテムを、ホーンラビットのお肉とスライムゼリー以外全部買取カウンターで買い取ってもらった。

なかなかいいお値段になったよ！

「全員終わったか？　じゃあ騎士団に帰るぞ」

「はい」

騎士団に戻るまでが遠足です。じゃなくて、ダンジョン攻略です。

騎士団本部に着くとそのまま訓練場に行き、団長さんを待つ。入口でビルさんが伝言を頼んでいたから、すぐに来るだろうって言っていた。

待つこと五分、団長さんが来た。

「ダンジョン遠征、ご苦労だった。成果は？」

「騎士たち及びリンも踏破《とうは》しました。リンは自分でボスを倒しましたよ」

「おお、そうか！　全員よく頑張った。おめでとう！」

団長さんが労《ねぎら》ってくれて嬉しくなる。あ、私もお礼を言わなくちゃ。

「団長さん、みなさん、ありがとうございました。踏破《とうは》できたのは同行を提案してくださった団長さんと、一緒に潜《もぐ》ってくださったみなさんのおかげです。本当にありがとうございます！」

「いやいや、頑張ったのはリンも同じだ。そこは誇っていい。今後、中級以上に潜《もぐ》るつもりなら言ってほしい。そのときも騎士たちに同行するといい」

「え……、いいんですか？」

「ああ。中級以上のダンジョンでは、初級以上にポーションが必要になるからね。リンも訓練だと思ってくれればいい。きっと必要なことだから」

そこまで考えてくれるなんて思わなかった。

それだけじゃなく、きっとポーションを優先して卸《おろ》してほしいという打算もあるんだろう。

もちろん私にもメリットがあるから、素直に団長さんの言葉に頷《うなず》いた。

次は二週間後に中級ダンジョンに潜《もぐ》る予定があるんだって。なので迷うことなくそれに同行させてもらうことにした。

まあ、その前に騎士団にポーションを納品しないといけないんだけどね！

お礼と恩返しの意味でも、頑張って作りますよ～！

材料はダンジョンに潜《もぐ》っていっぱい確保したし、騎士団に卸《おろ》しても残るくらいあるし、団長さんからも新たに中級と上級、特別ダンジョン産の薬草を買い取ったから不足することはない。

団長さんの話が終わり、エアハルトさんはまだ仕事があるとかで、アレクさんやラズと一緒に騎士団を出る。

そのまま商人ギルドに寄ると言うと、一緒に行ってくれるという。

「いいんですか？」

「はい。夕食も買いたいですしね。リンも疲れていると思いますし、さすがに作る気にはなれないでしょう？」

「そうですね」

「なので、先にギルドに行ってから屋台で食べ物を買いましょう」

アレクさんがそう提案してくれたので、頷《うなず》く。作るのが億劫《おっくう》だと思っていたから、アレクさんの気遣いは嬉しい。

ギルドに行く途中で、ヘルマンさんたちのパーティーとばったり会った。

防具をつけていないせいか、男性たちの筋肉がはっきり見えて凄い。

筋肉好きとしては、ついガン見してしまう。

女性たちもスラリとしているし、出るとこは出て引っ込むところは引っ込んでいる、とてもナイスバディな方たちだ。こちらも眼福《がんぷく》。

……じゃなくて。

あのあとのことを教えてくれたんだけど、舐めてかかっていた新米冒険者たちが怪我をしたそうだ。

けれどポーションはおろか手当ての道具すら持っておらず、ヘルマンさんたちや他の冒険者も呆れたそうだ。

結局、怪我を治すことも手当てをすることもなく、第五階層の魔法陣から帰還したんだって。

そのあとすぐギルドに彼らの舐めた態度と、そのときの状況を報告したらしい。

血だらけのままギルドに帰ったものだから職員たちやその場にいた冒険者たちが騒然となったそうなんだけど、ヘルマンさんたちや一緒にいた他の新米冒険者の話を聞いた職員は、すぐにギルドマスターに連絡。

舐めてかかっていた冒険者たちは治療をしてもらったあと、ギルドマスターにこっぴどくお叱りを受けたらしい。

現在は完全に治療もすんでいるけど、性根の鍛《きた》え直しとばかりに、ギルドの鬼教官に再訓練されているそうだ。

「おやまあ。ですが、当然ですねそれは。ささいな怪我でも、命に関わることがありますから」

「ああ。それがわかってねえんだよな。ちょっと強いだけでダンジョンを舐めてかかるような、粋がってる奴らは。死んだらそれで終わりなのにな」

「そうでございますね」

そんな会話をしたあと、やっぱり店のことを聞かれた。

カズマさんにしたのと同じ説明をしたあと、全員と連絡先を交換し、店を開店したら連絡するということで解散した。

今後も店が開店する前にポーションを売ってほしいと言う人がいるかもしれない。ついでにギルドで個人的に売ってもいいか聞いてみよう。

そのあとすぐに商人ギルドに着き、以前ポーションを見てくれた職員がいたので事情を話すと、Sランクの『猛《たけ》き狼《おおかみ》』とカズマさんなら信用できるから、売ってもいいと許可をもらった。

もし他の人にもそう言われたら、ランクB以上の個人やAランクパーティーならいいとのこと。

といっても、この先、そんなランクの高い冒険者に会うとも思えないんだよね。

そのあと屋台でいろいろと買い込んで帰宅。

買ってきたものをアレクさんやラズと食べていると、エアハルトさんが帰ってきた。

一緒に食べるというので、アレクさんが用意している。

「リン、ダンジョンで淹《い》れてくれた紅茶が飲みたい」

「いいですよ。アレクさん、一緒に作りませんか？」

「いいのですか？　是非！」

デザートに赤いリンゴ——ジョナゴールドの皮を剥《む》き、お皿に盛りつける。

残った皮と芯を、紅茶に入れるのだ。

「疲れが取れるお茶に入れても構いませんが、ガウティーノ家で出すのでしたら、普通の茶葉のほうがいいと思います」

「茶会で出す紅茶はその品種しかございませんしね」

「はい。なので普段はともかく、今回の茶葉は高級なのを使います。基本的に、紅茶に仄《ほの》かに滲《にじ》み出た果物の味と香りを楽しむのが、フレーバーティーなんです。今日はダンジョンで採ってきたジョナゴールドを使いますけど、市販されているリンゴやオレンジなど、香りのいい果物なら他にも使えるのがあると思います」

「なるほど」

乾燥させたほうがいいんですけどね、と説明しながら、アップルティーの淹《い》れ方をアレクさんに教える。

といっても、芯と小さく切った皮、茶葉をティーポットに淹《い》れ、お湯を注《そそ》ぐだけの簡単なやつだ。

本格的な作り方なんて私は知らないし、施設にいたときもこうやって淹《い》れていた。

結構美味《おい》しいんだよ、この方法で淹《い》れたアップルティーは。

もちろん、皮を乾燥させて茶葉に交ぜることもあった。

そんな話をしながら、全員分のアップルティーを淹《い》れる。

「ダンジョンでは実感できなかったが、帰ってきてからこのアップルティーを飲むと、リラックスするのがわかるな。一息つくためのものだからなのか、持続時間が短いのも納得だ」

「そうでございますね。休憩の際にお出しするのが最適です」

「ああ。で、リン。アップルティーはいいとして、採ってきた他の果物はどうするんだ？　あとスライムゼリーも」

「果物はデザートにするつもりです。ただ、足りないスパイスや調味料があるので、今すぐってわけにはいかないんですよ」

一応これまでに屋台や露店を覗《のぞ》いてみて、どんなスパイスがあるかは確認している。だけど、それでもシナモンは見つかっていないのだ。

「なるほど。なら、明日商会に行ってみるか？」

「え、いいんですか？　騎士団のお仕事は？」

「ダンジョンに潜《もぐ》ったあとは、二日間休日になるんだ。だから大丈夫だ」

「そんな規則があるんですね。なら、お願いしてもいいですか？」

「ああ」

お願いすると、嬉しそうな顔をして頷《うなず》くエアハルトさん。

その笑顔にドキッと心臓が跳ねる。

くそう……これだからイケメンは……！

そんなことを考えながら、ダンジョンで採れた果物の使い道を話しているうちに遅い時間になってきたので、各自の部屋に戻る。

お風呂に入ると、ラズと一緒にベッドに潜《もぐ》り込む。久しぶりのふかふかなお布団だったからか、あっという間に寝てしまった。


翌朝、早起きしてみんなで朝市へ行く。

朝ご飯は屋台で食べるという計画だ。

屋台で串焼きやスープ、パンを買い、屋台の近くに備えつけられたテーブルに腰かけて食べる。

そのあと露店や屋台を見ながら商会に向かうと、エアハルトさんに気づいた店員さんが一旦中へと入っていってしまった。けれどすぐに、店長さんみたいな人と一緒に出てくる。

エアハルトさんが貴族だからこその対応みたい。

スパイスやハーブ、調味料を見たいとエアハルトさんが伝えると、その商会で扱っている種類を全部持ってきてくれた。

その中にあったよ、シナモンが。それと、カレーの材料になるスパイス類も。

バニラビーンズに似たものもあったので、それも買うことにする。

まさかすぐに見つかるとは思ってなかったから、すっごく嬉しい！

お米もあったから買っちゃった！

隣国のものだそうで、主に家畜の飼料として売っているんだとか。

勿体《もったい》ない……お米は美味《おい》しいのに。

食べてみないとわからないけど、形はジャポニカ米に似ていたから、味に期待したいです。

精米は魔法でできそうだから、帰ってからやってみよう。

それぞれかなりの量を買ったし、他にもポーションの材料になるものがあったので、商会が困らないだけ買い込んだ。

どちらにとっても、ＷＩＮ《ウィン》‐ＷＩＮ《ウィン》な取引になったのは言うまでもない。

で、その日はそのままエアハルトさんちに帰ってきて、まずはリンゴとアップルマンゴーの皮を干すことにした。それぞれ別々の平たいザルに広げ、窓際に並べて天日干しにする。

果肉は砂糖煮とジャムにした。

他にもリンゴジャムを作り、それを使って一口サイズのアップルパイも作った。

残りの果物は、明日ゆっくり実験に使うつもりでいる。

そしてその日の夕方、与えられた部屋で、ダンジョンから採取してきた薬草を使い、騎士団が必要としている本数のポーションを作っていた。

作業場にしている部屋のドアノブには『作業中』と書かれた札がぶら下がっている。

これは作業しているので邪魔をしないでという合図だ。

まあ、薬草の中には危険なものもあるしね。

団長さんからは前回と同じ数でいいと言われていて、今後もその数で納品し続ける予定だ。

数が多いから作るのは大変だけど、そのおかげでエアハルトさんに返す借金の残額がどんどん減っているんだから、そこは感謝だ。

納品用のポーションを作り終えてひと息つく。そこにノックの音が響いて、エアハルトさんの声が聞こえてきた。

「リン、入ってもいいか？」

「どうぞ」

作業は終わっているから、問題ない。

「なにかありました？」

「いや、ロメオが……騎士団長が来たんだ。リンに会いたいと」

「ああ、ポーションの引き取りですか？　それなら出来上がっているので、すぐに納品できますけど」

「いや、どうやらそうじゃないみたいなんだよな……」

言葉を濁《にご》したエアハルトさんに首を傾《かし》げるものの、お世話になっている団長さんを待たせるわけにはいかないので、エアハルトさんと一緒に移動する。

案内された部屋にいたのは、団長さんと見知らぬ女性。

「リン、突然すまないな。もしかしてポーションを作っていたのかい？」

「いえ、作業は終えていたので大丈夫です。どうかしましたか？」

「ああ、アレクから新しい紅茶の話を聞いてな。それを私と婚約者に飲ませてほしいんだが……いいだろうか？」

「構いませんよ」

そう言うと、団長さんと一緒にいた女性が嬉しそうに微笑む。

美男美女だから、とても目の保養になります。

「ありがとう。紹介するよ。婚約者のエルゼ・ディンケル伯爵令嬢だ。エルゼ、薬師のリンだ」

「まあ、薬師様でしたのね。はじめまして、リン様。エルゼと申します。よろしくお願いいたしますわ」

「は、はじめまして、リンと申します。平民なので、リンとお呼びください」

「薬師様をそうお呼びするのは抵抗があるのですけれど……」

「そこは諦《あきら》めてください。示しがつかないですよ？」

あまり身分に拘《こだわ》らない、とても優しい方だというのは雰囲気でわかる。だけど、他のご令嬢にバレたらさすがにまずいと思う。

私はなにを言われてもいいけど、エルゼさんが悪く言われるのは嫌だしね。

なので、そこは断固拒否させてもらった。

「では、団長さん、先にポーションをお渡ししますか？」

「いや、それは兄上に預けてくれればいいよ。できれば先に、紅茶を淹《い》れてやってくれないか？」

「いいですよ」

アレクさんに頼んでお湯を用意してもらい、その間にダンジョンで採ってきたジョナゴールドやさくらんぼを洗ったり、皮を剥《む》いたりする。

本当は厨房《ちゅうぼう》でするべき作業なんだろうけど、毒など入れてませんと示すためにもここでやろうと思ったのだ。

「ダンジョンで騎士のみなさんに振る舞った紅茶には、このジョナゴールドという赤いリンゴを使いました。オレンジでもできますし、他にも香りの高い果物を使えば、いろいろな味を楽しめると思いますよ。ただ、そこはまだ試していないので、市場や商会で売られているリンゴでやることをおすすめします」

「そうですか。この赤いリンゴは見たことがないのですけれど、どこで手に入れたものなのですか？」

「王都の初級ダンジョンです。騎士たちは食べられることを知らなかったみたいです。でもすすめてみたら美味《おい》しそうに食べていましたよ。よろしければお土産にどうぞ」

「まあ。よろしいの？」

「はい。あとで包みますね」

初級ダンジョン産だと伝えると団長さんもエルゼさんも驚いていたけど、恐る恐るリンゴを口に入れると、目を細めて美味《おい》しそうに食べていた。

もちろん、一緒に来ていたお二人のお付きの人にも出したよ。

アレクさんがお湯を持ってきたので、お付きの人にアップルティーの淹《い》れ方を教える。

このままでも大丈夫だけど、乾燥させたほうがいいことを伝えると、なるほどと頷《うなず》いていた。

そして全員にアップルティーを配る。

カップから立ち上《のぼ》る香りと、仄《ほの》かなリンゴの味を美味《おい》しそうに楽しんでくれたので、ホッと胸を撫《な》で下ろした。

それまでずっとドキドキしてたから、本当に安心した！

リラックス効果のある紅茶だから、執務の間や少し疲れているときに飲むといいと教えた。

他にもミントティーとロシアンティー、ミルクティーを教えたので、お屋敷の中だけでなく、お茶会に出して評判を聞いたりしてくれるといいなあ。

一口サイズのアップルパイも出すと、エルゼさんはこれも気に入ってくれたので、お土産に包むことにした。

団長さん、羨《うらや》ましそうにしたって、あげませんよ！

そのことでひと悶着《もんちゃく》あって、結局両家にレシピを提供することで、妥協していただきました。

団長さんは意外と子どもっぽいところがあるんだなあと、思わず笑ってしまった。

その翌日。朝からスライムゼリーの実験をすることにした。

ポーションはすでにエアハルトさんに預けているので、明日騎士団に行ったら団長さんに渡してくれるだろう。

今さらだけど、魔力が多いって凄いよね、簡単に作れるんだもん。

だけどそんなチートはいらなかったよ、アントス様……

気を取り直して、まずはスライムゼリーがどんな性質を持っているのか調べてみる。

だけど、アントス様情報にも詳しい説明がなく、【アナライズ】で見た情報にも畑の肥料や食材になるとしか書かれてないんだよね。

レシピも検索してみたけど、詳しいことは書かれていないのだ。

なので、本当に糊《のり》や料理に使えるのか、実験することに。

最初に、水を加えて加熱するとどれぐらいの硬さになるのかを確かめる。

スライムゼリーひとつを三等分し、ひとつはそのまま、ひとつはゼリーの半分、ひとつは同量の水を入れて火にかける。

そのままのやつは粘《ねば》りが強く、小麦粉で作った障子《しょうじ》貼り用の糊《のり》のような硬さになった。

あっけなく糊《のり》が手に入った。糊《のり》がどうしてもなかったら、小麦粉で作るつもりだったからだ。

この作り方は施設にいたとき、大掃除の手伝いに来ていた町内会の会長さんに教わったんだよね。使っていた障子《しょうじ》の糊《のり》がなくなってしまって困っていたら、教えてくれたのだ。

まあそれはいいとして、残りはふたつとも【生活魔法】で冷やしてみたら、水を半分入れたものは寒天《かんてん》に近い硬さになった。

そして同量のものは柔らかくて水っぽいゼリーになる。

つまり、同量だと多すぎるってことだ。

器《うつわ》に入れるなら同量でもいいけど、柔らかすぎて水っぽいものは美味《おい》しくなさそうなので、八割くらいにしたほうがいいかもしれない。

そこはまたあとで確かめよう。

最後に、なにも入れなかったものを紙に薄く塗って半分に折り、重しをして放置してみる。

すると、五分ほどで半透明だったものが透明になり、紙同士がくっついた。

剥《は》がそうとしたけど、しっかりくっついて剥《は》がれない。おお、いい感じ！

これなら糊《のり》にしても大丈夫だと思うけど、くっつく素材とくっつかない素材があると困るので、これはまたあとで確かめることにする。

で、ここからまた実験。

同じようにスライムゼリーひとつを三等分にし、ゼリーの二倍、三倍、五倍の水を入れて溶かしてみる。

水の量が多くなるごとに、スライムゼリーの粘《ねば》りが消えていく。

「うーん……。これを畑に撒《ま》いたとして、すぐに効果が出るのかなあ？」

〈どうだろう？〉

ラズと一緒に首を捻《ひね》る。

うん、その斜めになっている仕草はとっても可愛いよ、ラズ！

ラズを愛《め》でつつも、スライムゼリーに意識を向ける。

見た目だけだとわからない。なので、窓際にある植木鉢《うえきばち》に撒《ま》いてみることにした。

植えてあるのはどれもミントで、植木鉢《うえきばち》は六つある。

なので、そのうちの三つの植木鉢《うえきばち》に、ひとつずつそれぞれの液体を撒《ま》いてみたんだけど……

「おおう、これはあかんやつだ！」

〈うわぁ……〉

ちょっと撒《ま》いただけなのに、いきなりぶわっ！　とミントが育ってしまったのだ。

ラズはその様子を見て、プルプル震えながらドン引きしている。

特に顕著《けんちょ》だったのは二倍に薄めたやつで、芽が出たばかりだったミントが一気に種までつけてしまった。

うん、これは確実にダメなやつです。

薬草として使うためには、花が咲く前の、葉にたくさん栄養がある状態でないと。それにそもそも成長促進剤じゃなくて肥料が作りたかったのに。

三倍の水を入れたやつも花が咲いてしまった。中には種ができている株もある。

そして五倍の水を入れたやつが、草原や森に生《は》えている状態に一番近い。

「これは困った……」

〈そうだね……〉

まったく足りないときは五倍の水に溶かしたものでいいだろうけど、肥料として使うなら他の二つはダメだ。

しょうがないので、種をすべて採取し、それをもう一度植木鉢《うえきばち》に蒔《ま》く。

今度はもっと水を増やすことにしよう。

もう一度スライムゼリーを三等分にし、今度は八倍、十倍、二十倍にしてみた。

それを、種を蒔《ま》いたばかりの植木鉢《うえきばち》と、芽が出たばかりの植木鉢《うえきばち》にそれぞれ撒《ま》いてみた。

するとと、八倍は葉っぱが出たり背丈が二倍になったりして、十倍と二十倍はという
と……

「なるほど～。十倍だと芽が出たり少し成長するけど、二十倍は目に見える影響がないのか～」

〈ほんとだ。面白いね、スライムゼリーって〉

「だよね～。種が必要なときや急ぎのときって感じで、いろいろ使い分ければいいかも」

〈そうだね〉

種が欲しいときは二倍に薄めたものを撒《ま》いて、どうしても薬草が間に合わないときは五倍にしよう。

それ以外のときは、一番初めに二十倍か十倍に薄めたものを撒《ま》けば、あとは普通の水でよさそうだ。

肥料なんだから、途中で二十倍のものを撒《ま》いてもいいかもしれない。

それらをメモに書いて、さっとスマホで撮っておこう。そうすれば、もし忘れてしまったときでも簡単に探すことができるからだ。

ラズが楽しそうな雰囲気で植木鉢《うえきばち》を見ている隙に、スマホで写真を撮ると、すぐにリュックの中にしまった。

糊《のり》と肥料の実験が終わったら、今度はお菓子を作る実験。

といっても、これは肥料を作るときに加えた水分量を参考にして作った結果、簡単に終わってしまった。

ゼリーとして一番いい硬さだったのはスライムゼリーの七割の水分量で、寒天《かんてん》のような硬さのもの。

水に溶かしてから【生活魔法】で冷やしたら、簡単に固まったのだ。

なので、食べたいときはカップに入れて、そのまま冷やして固めることに。

次に水をジュースに変えていろいろ実験。少しは失敗するかもしれないと思っていたのに、どれも成功して拍子抜けした。

ラズに食べてもらったら、美味《おい》しいと言ってくれたのでホッとしたよ。

最終的に、食べるのは私とラズだからね～。

ただし、バナナで作ったものは微妙だったので、ゼリーにはしないことにする。ジュースは美味《おい》しかったんだけど、さすがにゼリーには向かなかったみたい。

試しにミルクでもやってみたけど、ジュースと同じように固まった。

凄いなあ、スライムゼリーは。

スライムゼリーの使い方の目処が立ったので、今度は果物を使ったお菓子作り。

私に作れるものは、昨日作ったパイとパウンドケーキ、クッキーにプリンとゼリー。

あとは果物と野菜のチップスくらいかな。

チップスはオーブンがあれば作れるしね。

他にはパンとスコーン、タルトとパンケーキもできるかな？

エアハルトさんちには業務用のような大型オーブンの魔道具があるので、それを使ってバナナチップスや野菜チップス、その他にもジャムとバナナを使ったパウンドケーキを作る。

「リン、どうだ？　って、いい匂いだな。甘い匂いというか」

焼き始めてしばらくしたら、エアハルトさんとアレクさんが顔を出した。鼻をひくひくさせて匂いを嗅《か》いでいる。

「エアハルトさん、アレクさん。今、お菓子を作っているんです。その匂いだと思いますよ」

「なるほどなあ。スライムゼリーでなにができそうなんだ？」

「それは僕も気になりますね」

「ゼリーという、冷やして食べるお菓子ですね。あとは果物や野菜を使ったチップスを作っています。実験したので、食べま……」

「「食べたい！」」

二人が食い気味に言ってきたので、つい笑ってしまった。

そんなに食べたかったのか。

味を確かめてもらわないといけないし、実験だと言ってあるんだからまあいっかと、ミルクプリンとリンゴゼリー、マンゴーゼリーを二人とラズに出す。

「できれば感想をください。私がいいと思っても、お二人が美味《おい》しいと感じるとは限らないので」

スプーンを渡し、ミルクティーを淹《い》れて二人に出す。本職のアレクさんには及ばないけど、そこそこいい味になってると思う。

「「〈……〉」」

……なんか、みんなして無言で食べてるけど、感想はないのかな？

せめて美味《おい》しいかまずいかだけでも言ってほしいよ。

どっちなのかわからないから、不安になってくる。

「えっと……味はどうですか？　このままがいいとか、甘さを足したほうがいいとか、ありますか？」

「ミルクプリンだったか？　俺はもう少し甘いほうがいいな。リンゴゼリーとマンゴーゼリーはこのままでもいい」

「僕もエアハルト様と同じ意見ですね。リンゴゼリーとマンゴーゼリーは果肉を入れてもいいかもしれません」

〈ラズもそう思う〉

「なるほど、って、あー……。そういえば、ミルクのほうは砂糖やはちみつを入れてない……」

「「〈リン……〉」」

「だから、実験だって言ったじゃないですか！」

そう言うと、苦笑されてしまった。

硬さの実験しかしてないし、ミルクは急遽《きゅうきょ》思いついたんだから、砂糖やはちみつのことなんて考えもしなかったよ。

今度作るときはちゃんと砂糖かはちみつと、バニラビーンズに似たもの――バニランを入れよう。

次にチップスを少しずつ二人とラズに分けたり、焼き上がったパウンドケーキの味見をしたりしてもらったけど、どちらも美味《おい》しいと言ってくれた。

アレクさんは、これならガウティーノ家でも出せると喜んでいる。

それならよかった。私も作った甲斐があるし、嬉しい。

「リン、レシピをもらってもいいか？　もちろん対価は払うから」

「いいですよ。でも、報酬はいりません」

「それはダメですよ、リン。代金はきちんといただかなくては」

「今後のことを考えて、きちんともらっておけ」

エアハルトさんとアレクさんに叱られてしまった。

都合のいい奴だと思われると、いいように使われるからと。

それは絶対に嫌なのでしっかり頷《うなず》いた。


後日、このレシピのおかげで、エアハルトさんとガウティーノ家、それと団長さん経由でエルゼさんからかなりの額の報酬をもらったよ……

しかも、前回のお茶やお菓子分も含めたものらしく、金貨どころか大金貨と白金貨が数枚あった。

エアハルトさん曰《いわ》く、この金額はそれだけ美味《おい》しく、貴族の家で出しても申し分がないからだと言われた。

珍しいものをお茶会やパーティーに出すのも、一種のステータスなんだって。

大変だなあ、貴族って。

私にはわからない世界だし、下手に関わるのはやめようと思った。

まあ、エアハルトさんや団長さん、ビルさんたち騎士とはすでに関わっちゃってるんだけどね。

いただいたお金の半分は、エアハルトさんが出してくれたお金の返済にあてた。借金は怖いし、できるだけ早く返したいしね。

残りの半分は、薬草など、ポーションの材料を買う資金にあてるつもりだ。


それから数日たったある日の午後、みんなで鍛冶《かじ》屋さんに行った。場所は、工事をしている私のお店の隣。

ビッグスライムが落とした短剣を腰にはくためのベルトを作ってもらおうと、この鍛《か》冶《じ》屋さんに来た。

そのベルトのことを、剣帯《けんたい》っていうんだって。

ここに来る前にビッグスライムが落とした短剣を持ってみたんだけど、握りやすくて軽かった。

使い方をエアハルトさんにレクチャーしてもらいながら振ると、まったく重さを感じなかったのだ。

そこで同じ大きさの採取用の短剣が欲しいと言ったら、エアハルトさんが鍛冶屋《かじや》に連絡し、連れてきてくれたってわけ。

なので、剣帯《けんたい》ベルトだけじゃなく、短剣も買うつもりでいる。

どうせならラズにも持たせたいしね。喜んでくれるかな？

ただ、このお店には上級冒険者や騎士しか入れないって聞いたのでちょっと不安だ。

「あの、私も入れるんですか？」

「ああ、今回は事前に言ってあるからな。店の前でゴルドが待っている。彼が招き入れることで、レベルが低くても入れるようになるんだ」

「なるほど」

ゴルドさんというのは鍛冶屋《かじや》の店主で、ドワーフだという。

とっても腕がいい人で、安定して伝説《レジェンド》クラスの装備品を作れる、凄腕の鍛冶《かじ》職人なんだって。

本来ならば中級ダンジョンにすら潜《もぐ》っていない私はお店に入れないんだけど、エアハルトさんの紹介なのと、隣にお店を出すってことで、ご挨拶《あいさつ》がてら入れてもらえることになった。

どんな人かな？　優しい人だといいな。

お店に行くとその前に立っていたのは、筋骨隆々《きんこつりゅうりゅう》で陽に焼けていて、髭《ひげ》を蓄《たくわ》えた厳つい顔をしたおじさまだった。

組んだ腕は筋肉だらけでとても太いし、見た目は怖そうなのに、目はとても優しそうだ。

ドワーフって聞いていたから、小説に出てくるような小さい髭《ひげ》モジャの人を想像していたのに、身長はエアハルトさん並みにあったよ……

なんというか、詐欺《さぎ》にあったみたいでモヤモヤする。

まあ、勝手に決めつけた私が悪いんだけどさ。

「ゴルド、連れてきた」

「おう、よく来たな！　俺はゴルドだ、お嬢ちゃん」

「はじめまして。今度、隣でポーション屋を開く予定の薬師のリンです。よろしくお願いします」

「おう、頼むな！　それじゃあ中へ入ってくれ」

挨拶《あいさつ》と握手を交わし、お店の中へと入る。中にはいろんな形やサイズの剣や斧《おの》、杖や槍《やり》、盾などの防具が置かれていた。

どれも固有《ユニーク》や伝説《レジェンド》クラス、たまにショーケースの中に遺物《エンシェント》クラスの剣と鎧《よろい》がポツンと飾ってあって、本当に凄いものばかりだ。

「採取用の短剣と、ドロップした短剣用の剣帯《けんたい》だったな」

「ああ。ドロップした短剣と同じくらいの重さの短剣を、二本欲しいらしい」

「わかった。で、その短剣は？」

「えっと、これです」

短剣を見せると、ゴルドさんが目を細めて眺める。

たぶん、【アナライズ】を発動させてるんだろう。

【ウインドダガー】　希少《レア》
　風の属性がついた短剣
【風魔法】の威力を上げてくれる
錆《さ》びにくく、切れ味も衰《おとろ》えない
【風魔法】の威力上昇：効果（大）

この短剣にはこんな説明がついていたんだよね。

レアドロップなだけあって本当にいい品物だと、エアハルトさんもアレクさんも言っていた。だからこそ、私の護身用にとくれたのだ。

ありがたいです、本当に。

「……ほう、いいものだな。どこで出た？」

「初級ダンジョンのビッグスライムからだ」

「ビッグスライムからか！　これだけの品は滅多《めった》に出るもんじゃないからな。まあ、出ないわけじゃないが、本当にレアだし、出ても特別ダンジョンからだろう。運がよかったんだな」

素材はミスリルだとか鋼《はがね》だとか言っているから、ゴルドさんは鍛冶《かじ》師のスキルを発動してるんだろう。

普通の【アナライズ】だと、そういうのはまったくわかんないし。

そのあと、ゴルドさんに短剣を二本選んでもらった。

うち一本はラズに渡すと言うと呆れた顔をされたけど、エンペラーは触手《しょくしゅ》で器用に道具を持てるので最適だと思う。

それから私の腰まわりのサイズを測り、ベルト用の革を選んでもらった。

そのあたりのことに関して私はまったくわからないから、エアハルトさんとアレクさん、ゴルドさんに丸投げする。

革はワイバーンのものにしたと言っていたけど、私にはそれがどれだけ強いとか弱いとかすらわからない。

他にも、ダンジョンに潜《もぐ》る用のブーツも作ってくれると言うので、お願いした。こっちは蛇《へび》革で作るんだって。

なんだっけ、イビルバイパーだったかな？　北門を出たところにある特別ダンジョンに出る魔物の革で、ワイバーンに勝《まさ》るとも劣《おと》らない素材らしい。

……いいのかな、そんな高い素材で作っても。お金は足りるかな。

「開店祝いだ、持っていけ」

「いやいや、さすがにそれはダメですって！」

「いいからいいから」

「よくないです！　じゃあ、ポーションと交換しましょうよ。じゃないと受け取りません！」

「ポーションなあ……」

「普通のじゃないですよ？　昨日作ったばかりのものです」

これです、と言って見せたのは、ハイポーションとハイMPポーション。

どっちも中級ポーションにあたるもので、普通のポーションの倍の効果がある。

ダンジョン産の薬草で作ったものなので、普通のハイ系よりもレベルが高い。

「なっ、これはっ！」

「おいおい……。リン、いつ材料が揃《そろ》ったんだ？」

「先日、団長さんにもらった薬草の中にあったんですよ。それで作りました。材料が少ししかなかったから、三十本ずつしか作れなかったんですけどね」

そんなことを言ったら、三人がガン見してきた。なんでさー？

「いやいやいや、普通はいきなり六十本も作れねぇからな⁉」

「どんだけ規格外なんだよ、リンの腕は……」

「お師匠様のところにはあらゆる材料があったから一通り教えてもらいましたけど、今手元にある材料だと、中級か上級ダンジョンで採れる薬草がない限り、それ以上のものは作れませんよ？」

「それ以上ってなんだよ⁉　上級と特別ダンジョンに潜《もぐ》るときでも、ハイ系が数本あればそれで充分だからな⁉」

「まだ万能薬だって作ってないのに？」

「ば、万能薬まで作れんのかよ、お嬢ちゃんは……。こりゃあ傑作《けっさく》だ！　がははははっ！」

呆れるエアハルトさんとアレクさんに、豪快に笑い出したゴルドさん。

別にいいじゃない、材料があったから作っただけだし。

五本ずつゴルドさんに渡すと、靴はこれから作るから、三日後に来てほしいと言われた。そのときに剣帯《けんたい》も渡してくれるんだって。剣帯《けんたい》を作るために、ドロップした短剣も預けてくれと言われたので、頷《うなず》いた。

そして、ダンジョンで採ったアップルマンゴーとジョナゴールド、さくらんぼをお土産に渡し、エアハルトさんの家に戻った。

そして、あっという間に三日後になった。

約束の日、エアハルトさんは騎士のお仕事でいなかったので、アレクさんと一緒にゴルドさんの鍛冶《かじ》屋に行く。

「おう、来たな。これが剣帯《けんたい》とブーツだ。つけてやるから、こっちに来い」

「はい」

ダンジョンに潜《もぐ》るときの格好で来いと言われていたので、この前ダンジョンで着た服で来ている。

ゴルドさんは私の腰にベルトを巻き、長さなどを調節してくれたあと、ウインドダガーを剣帯《けんたい》に差す。

ちょうどベルトのラインに沿ってウインドダガーをしまえて、腕をうしろに回せば簡単に引き抜けるような作りだ。

「いいですね」

「だろう？　採取用の短剣は左の腰に下げるようにしたんだが……しゃがんでみてどうだ？　違和感や変な感じはないか？　どこかに当たるとか……」

「えっと………はい、大丈夫です。とても動きやすいです」

言われた通りにしゃがみ、薬草を採取するような動きをしてみたけど、短剣は体の動きを邪魔しない。

「それならよかった」

そして、その確認が終わったらブーツ。黒くてつや消しされたものと、こげ茶色の革のショートブーツが出てきた。

「あれ？　ゴルドさん、頼んだのって一足でしたよね？」

「あのポーションの数だと、オレがもらいすぎなんだよ。だからもう一足作った」

「えええ!?」

「ちゃんと持って帰れよ？　疲れにくく、歩きやすくなるような付与《エンチャント》をかけてるからな？　これならダンジョンに潜《もぐ》ろうが、長時間歩こうが、大丈夫だ」

「そんなのもらえません！」

そう言ったんだけど、アレクさんやラズにまで受け取るように言われてしまい、結局ふたつとも持って帰ることになってしまった。

そしてラズ用の短剣。鞘《さや》はあるけど剣帯《けんたい》はなく、そのままラズに渡すと喜んでくれる。

ラズが嬉しそうにひとしきり眺めたかと思ったら、いきなり短剣が消えた。

どうやら【マジックボックス】という、従魔特有の【無限収納《インベントリ》】に似たスキルが使えるらしく、そこにしまったらしい。

本当にラズって優秀なんだなあ。

私が主人でいいのかと悩む反面、従魔になってくれてとても嬉しい。

ブーツを履《は》いてサイズを確かめたあとしばらく雑談していたら、カズマさんとヘルマンさんがひょっこり顔を出した。

お互いに挨拶《あいさつ》をして、隣に店ができるけど、まだ誰にも口外しないでほしいとお願いした。

商人ギルドから出された条件を伝え、お店ができるまで個人的に売ってもよくなったとも伝える。

するとポーションを十本ずつ売ってくれないかと言われたので、手持ちから普通のポーションを売った。

といっても、ダンジョン産の薬草で作った、無茶苦茶レベルの高いやつだけど。

ついでに試した感想を教えてほしいと、ハイポーションとハイMPポーションを五本ずつ渡すと、目を剥《む》いて驚かれた。

「……すげえな、リンは。たしかにこれは口外できない」

「そうでござるな。これを売る相手は、上級ダンジョンの中層から下層に潜《もぐ》っている奴か、特別ダンジョンに潜《もぐ》っている奴がいいでござろう」

「だな。だいたいはレベルの高いポーションでもなんとか間に合うが、上級の中層から下層、特別くらいになると心許ないときがある」

Sランク冒険者たちがそんなことを言いながら、マジックバッグにポーションをしまって代金を手渡してくれる。

ハイ系のものの分までお金をくれたのには驚いた。

そのあと、ヘルマンさんたちとカズマさんは武器と防具のメンテナンスをゴルドさんにお願いしていたので、私たちは先に鍛冶屋《かじや》を辞した。

それからの日々は、ランク上げと素材集め、そしてポーション作りに費やした。

騎士たちと一緒に中級ダンジョンに潜《もぐ》って、最上級のポーション——万能薬や神酒《ソーマ》も作った。

その間に商人ギルドやエアハルトさん、団長さんと話し合い、お店や騎士団に売る商品を決定する。

他の薬師でも作れるからということで、各種状態異常系と普通のポーションとMPポーションは売らない方向に。

その代わり、ハイ系よりもさらに効果の高いハイパーポーションとハイパーMPポーション、万能薬と神酒《ソーマ》という、上級と最上級ポーションを扱うことにした。

【ハイパーポーション】レベル5
　傷を治す薬
　患部にかけたり飲んだりすることで治療できる
　大怪我を簡単に治すことができる
　適正買取価格：七千エン
　適正販売価格：一万エン

【万能薬】レベル5

状態異常を治す薬
どんな状態異常も、一口飲むことで治せる
複数同時に発動している状態異常に効果的
適正買取価格：三千エン
適正販売価格：五千エン

ハイパーポーションと万能薬はこんな感じ。
そして問題だったのが、神酒《ソーマ》だ。

【神酒《ソーマ》】レベル5
傷を治す薬
最上級のポーション
その名の通り、神が飲む酒と言われている
これを一口飲むか傷口に少量かけると、欠損した部分でも治る
MPも全回復する
適正買取価格：三百五十万エン

適正販売価格：五百万エン

こんな説明が出ていて、驚いた。

はっきり言って、ヤバイなんてもんじゃなかった。

神酒《ソーマ》を作れた人は過去に一人しかおらず、ダンジョンでも滅多《めった》に出ない貴重な代物なのだそうだ。

ハイ系と万能薬が五千エン台、ハイパー系が一万エン台なのを考えると、値段も桁違《けたちが》いだった。

伝説とも言える、恐ろしいものを作ってしまったのだ。

やばいと思った私はすぐにエアハルトさんに相談して、高位貴族であるガウティーノ家にうしろ盾になってもらった。

ただの平民がお店で売るには、ちょっと過ぎた代物だったから。

そしてヘルマンさんたち『猛《たけ》き狼《おおかみ》』と仲良くなって、上級ダンジョンに潜《もぐ》ることになった。

これらの上級ポーションをお店のメイン商品にするとなると、上級ダンジョン産の薬草類がまったく足りなかったのだ。

ヘルマンさんたちが護衛をしてくれるというので、そこにカズマさんと私を加えた六人で上級ダンジョンに潜《もぐ》った。

たくさんあったよ、必要な薬草やキノコ、野草や果物が！

欲しかった食材も見つけて、ホクホクだった。

もちろん最後のほうは採取をしながらレベル上げし、中ボスを倒して帰ってきた。

楽しかったけど、とっても疲れたよ……


上級ダンジョンから帰ってきたら、住居付き店舗が完成していた。今日からここが、私の城になる。

家の外壁は石材やレンガ、一部に木材を使用していて、室内には真新しい木の香りが漂《ただよ》っている。その香りがなんだか日本の新築を思い起こさせて、懐《なつ》かしくなった。

帰れないと思うと寂しくもあるけど、今はラズという家族が増えたから、寂しくないよ！

店内にはカウンターとその奥の窓際に暖炉《だんろ》があり、カウンターよりも一段低くなっている台には、計算機というか、そろばんみたいなものがある。

カウンターのうしろにも棚があって、ポーションをストックできそうだ。

大きな窓と出入り口、周囲の壁にもポーションを置ける棚がある。

一階部分の間取りは変わっていないけど、階段のところには扉をつけてもらった。できるだけ仕事場とプライベートの空間を分けたかったのだ。

階段のところには、念のため落下防止の柵《さく》をつけてもらった。

住居部分は、建物の真ん中に階段がある関係上、面白い構造になっている。

階段を挟んで北側に作業部屋とダイニングキッチン、南側に寝室があり、東側にトイレとお風呂場がある。

ダイニングキッチンと寝室には暖炉《だんろ》があって、作業部屋には薪《まき》ストーブを置いた。

今は使わないけど、冬に大活躍しそうだ。

一人と一匹で住むには広いけど、掃除は魔法で一瞬だから、苦労することはなさそうなのが嬉しい。

部屋を一通り確認したあと、団長さんと商人ギルドと相談した結果、お店で売るポーションの数にも制限をつけることにした。
・ハイ系と万能薬
ソロと三人以内のパーティーは五本まで
四人以上六人以内のパーティーは十本まで

・ハイパー系

ソロと三人以内のパーティーは三本まで

四人以上六人以内のパーティーは五本まで

・神酒《ソーマ》

人数に関係なく、パーティーにつき二本まで

こんな感じで、私が一日に作れる限界と、上級冒険者の人数を考慮してこの数になった。

そして値段はすべて適正価格で取り扱うことに。

それでも、上級ポーションと最上級ポーションだからなのか、ハイパー系以上はあまり出回っていないからなのか、かなり高い値段だ。

お客さんは上級冒険者に限定。

上級冒険者はかなり稼いでいるし、上級ダンジョンの下層まで行くと魔物がとても強くて、普通のポーションでは怪我の治療が間に合わない場合もあるからニーズはあるのだそうだ。

これらは、ポーションを実際に使ってくれたヘルマンさんたち冒険者と騎士団、商人ギルドと話し合い、決めた結果だ。

私一人だったら、とてもじゃないけど決められなかったと思う。

私の作ったポーションが冒険者の役に立ってくれるならこんなに嬉しいことはないし、私でもできるんだってことが証明されたみたいで、これも嬉しいことだ。

薬師の適性があったことと、薬師にしてくれたアントス様やツクヨミ様にもとても感謝している。

引っ越しを終えたら、今度は開店準備だ。

棚に貼る説明書や、おつりなどを入れる箱と帳簿を用意する。

まずは紙を買ってきて、下手糞ながらも丁寧にポーションの名前を書き、スライムゼリーで作った糊《のり》で棚に貼る。

押しつけるのは、ラズがしてくれた。

ちゃんと木造の棚に貼りついたよ！

凄いなあ、スライムゼリーの糊《のり》って。

それから、棚に該当商品のポーションを入れる。これは、ラズやアレクさんも手伝ってくれた。ありがたや～。

そして、商人ギルドが書いてくれたランク認定書とポーションの鑑定書を、店の一番目立つところに貼った。

これがあるかないかでお店の信用度合いが違う。

認定書とポーションの鑑定書には商人ギルドマスターのサインがあるし、紙自体も偽造できない仕組みになっている。だから扱っている商品が偽物だと疑われることはない。

その他にももろもろ準備すべきことが多くて、内心ヒーヒー言いながらポップを用意したり、革紐で綴《つづ》って帳簿や在庫ノートを作ったり、薬草を買ったり商人ギルドに依頼を出したりと、忙しく過ごした。

日中はずっと準備に奔走する日が続き、夜になると疲れてしまって、毎日ぐっすり眠ることができた。そのおかげで、しっかりと準備を進められた。

開店する日にちは、ヘルマンさんたち『猛《たけ》き狼《おおかみ》』やカズマさん、他にも上級ダンジョンで仲良くなった人たちにギルドタグの連絡機能で伝え、冒険者ギルドからも通達してもらった。

そうしていよいよ開店の日。店番はラズとアレクさん、エアハルトさんの屋敷にいる人たちが手伝ってくれるという。

本当に助かります。感謝です。

開店時間になったのでドキドキしながらカーテンを開け、値段や注意書き、取扱い商品と買取表が書かれている看板を外に出した。

外には知り合ったたくさんの冒険者が並んでくれていて、その数に驚く。

こんなにたくさん来てくれると思っていなかったから、すっごく嬉しい！

「いらっしゃいませ！『リンのポーション屋』にようこそ！」

私の異世界でのポーション屋生活は、並んでくれた冒険者のおかげで嬉しい悲鳴とともに始まった。

忙しくも楽しい生活の幕開けだ。

――アントス様、そしてアマテラス様やツクヨミ様をはじめとした日本の神様たち。

私は元気に、異世界で生活しています！

番外編

アレクと団長と料理教室

ゴルドさんのところで剣帯《けんたい》の製作を頼んだ翌日。

エアハルトさんが仕事に出かけたあと、今日はなにをしようかとラズと話していたら、アレクさんに声をかけられた。

「リン。スライムゼリーを使ったお菓子の作り方を教えていただけますか？」

ダンジョンで約束した話だよね？　もちろん忘れてないよ～。

「いいですよ。他にもなにか作りますか？」

「焼き菓子があればいいのですが……」

「それだったら、先日私が作ったパウンドケーキはどうですか？　基本的な生地を作ることができれば、中に入れるものはいろいろアレンジできますよ」

「それはいいですね！」

他にも、珍しいお茶の淹《い》れ方を知らないかと聞かれたけど、だいたいもう教えてるからなあ。

ジャスミンやカモミールで作るものならと答えると、微妙な顔をされた。どっちも美味《おい》しいのに。まあ、この世界ではどちらも薬草だからね。

あとで飲みたいとは言われたので、材料を揃《そろ》えたら作ると約束する。

乾燥させたジャスミンやカモミールは商会で売っているしね。

そう伝えたら、キッチンにはお菓子の材料もないとのこと。

そこで私たちは、買い物に出かけることに。

いろいろな商品が揃《そろ》っている商会に向かっていると、どんよりとした顔をした、私服姿の団長さんが正面から歩いてきた。

「おはようございます、ロメオ様。どうなさいました？」

アレクさんが挨拶《あいさつ》すると、団長さんは力ない様子で顔を上げる。

「あ……。アレクとリン。おはよう。ちょうどよかった。これからそっちに行こうと思っていたんだ」

「すれ違わないでよかったです。なにか落ち込んでおられるようですが……」

「実は、エルゼと喧嘩《けんか》をしてしまってね……。仲直りするにはどうしたらいいだろうと考えたときに、リンが作る珍しいお菓子のことを思い出して……」

仲直りにお菓子！

貴族ならドレスや装飾品、お花を贈るものじゃないのか。

「お菓子を作るのは構いませんけど、なにがいいですか？」

「エルゼが見たことのないものがいいと考えているんだ。リンはなにかよさそうなものを知らないかい？」

「それなら、スライムゼリーを使った冷たいお菓子と、パウンドケーキはどうですか？

これからアレクさんと一緒に作るんです」

「パウンドケーキ……。簡単に作れるだろうか」

「レシピ通りにすれば簡単ですよ」

「なら、私に教えてほしい」

「「はい？」」

アレクさんと顔を見合わせて、ぽかんと口を開ける。

今、教えてほしいって言った⁉

「あの、私ではなくて、団長さんが作るんですか？」

「ああ」

頷《うなず》く団長さんに、アレクさんは思わずといったふうに呟《つぶや》きを漏らす。

「ロメオ様がお作りになるとは……」

「失礼だね、アレク。私も騎士なのだから、簡単な料理なら作れる」

「それは申し訳ありません。そうでしたね」

「それに、できれば自分で作ったものを渡したいんだ」

「「なるほど」」

団長さんも料理できるのか～。騎士って凄いなあ。

そんな私の感想はともかく。

「これから材料を買いに行くんですけど、一緒にどうですか？　あと、お菓子だけじゃなくて、他にもお花や装飾品を一緒にあげたら喜ぶと思うんです」

「そうだね……それはあとで見に行ってみることにするよ。まずはお菓子の材料かな」

「わかりました」

三人と一匹で商会に向かうと、店長さんが出てきて個室に通された。

団長さんがいたからだろう。

さすがです。

そこで小麦粉などお菓子に必要な材料を揃《そろ》える。

商会では貴族が買うような髪飾りや装飾品も扱っているというので、団長さんは悩みながらもそれらからお詫《わ》びの品を選んでいた。

ちょっとお節介だったかもしれないけど、エルゼさんを思い浮かべてお揃《そろ》いの髪飾りやピアス、ネックレスをおすすめしてみる。

すると団長さんも気に入ったようで、喜んでくれたよ！

私は果物やお茶の材料をすべて購入すると、エアハルトさんちに向かう。

ガウティーノ家で作るのかと思っていたんだけど、団長さんはエルゼさんに内緒にしておきたいらしく、一緒についてきた。

そのことに、私はちょっとホッとした。さすがにガウティーノ家の厨房《ちゅうぼう》で好き勝手する勇気はないからね。

「一番時間がかかるのがパウンドケーキなので、それからやりますね。ただし……」

「「ただし？」」

「材料を勝手に増やしたり、こうしたら美味《おい》しくなるだろう！　なんて考えて、レシピにはない材料を加えたりしないでくださいね？」

「それはどうしてかな？」

「お菓子作りでは、すべての材料の分量がきっちり決まっていて、多かったり少なかったりすると必ず失敗するからです」

材料を一緒に用意しながら、一番重要な部分を強調しておく。

料理やお菓子作りは基本が大事。

創作料理もあるけど、それは基本がきちんとできているから作れるもの。いきなり創作料理を作ろうとすると失敗するのだ。

特にお菓子は、そう簡単に素人《しろうと》がアレンジできるものではない。

もちろん、私も失敗を経験しましたとも。

なのでその体験談を話したら、二人とも納得してくれた。

この様子なら大丈夫かな？　なーんて思っていたんだけど……

「団長さん、いきなり材料を倍も用意するなんて、なにを考えているんですか？」

「え？　倍にしたほうがたくさん作れるだろう？」

「そんなことしなくても、たくさん作れる分量を教えてます！　とりあえずそれは半分にしてください！」

「……はい」

団長さんがいきなりやらかしてくれた。

内心で溜息をつきつつ、アレクさんを見ると……

「アレクさん、なにを入れたんですか？」

「ミルクを多めに入れたのですが……」

「だから、分量以上に入れたらダメだって言いましたよね？　どうして入れるんですか！」

「……」

アレクさんのボウルの中には、水気の多すぎる生地が出来上がっていた。

「こんなにゆるゆるだったらなにもできません。今度はきっちり分量通りに入れてください」

「わかりました」

まさかアレクさんもやらかすとは思わなかったよ……。お茶を淹《い》れているときは完璧なのに、どうしてお菓子だとダメなのかなあ？

先が思いやられる……

そんな私を慰《なぐさ》めるように、ラズが頭を撫《な》でてくれる。

うう……やっぱりラズはいい子で可愛いです！

さて、気を取り直して……

「今度こそ、きっちりやってくださいね？　でないと、お菓子教室はここで終わりです」

「「はい」」

しっかり目を光らせて、もう一度材料の分量を量らせる。

ゆるゆるになってしまった生地は、粉を足してパンケーキにしよう。

今度こそちゃんとした分量で生地を作ったお二人は、バターと小麦粉を薄く塗った型に生地を流し込む。

そこに二人してまたなにか余計なことをしようとしていた。

「生地以外、なにも入れないでくださいね？　果物を混ぜるのはこの次です。今は基本のプレーンを作ることに集中してください」

「「うっ……！　わかりました」」

なんでわかったんだ！　って顔をしていたけど、果物に手が伸びていたからね～。わかりますとも。

トントンと二、三回、型を落として空気を抜くと、真ん中に切れ目を一本入れてオーブンの中へ。

温度が百七十度だから、焼く時間は四十五分でいいかな？

エアハルトさんちにあるのは、業務用のオーブンのようにとても大きい。なので、パウンドケーキ二本分くらいなら一気に入れても大丈夫だ。

「では、焼いている間にスライムゼリーを使ったお菓子を作りますね。果物はジュースにしてから使います。アレクさんは味見をしたから知っていますよね」

「はい。あれはとても美味《おい》しゅうございました」

「ずるいぞ、アレク。リン、私も味見してみたい」

「わかりました。今お出ししますね」

【無限収納《インベントリ》】になっているリュックからリンゴとマンゴー、オレンジ味のゼリーを出していると、ラズが私の肩にのってぴょんと跳ねる。

〈ラズも食べたい！〉

「もちろんラズの分もあるよ～」

〈やった！〉

腕のように触手《しょくしゅ》を二本出し、嬉しそうにぴょんぴょん跳ねるラズ。その仕草を可愛いと思いつつ、三種類のゼリーを全員に配ったあとスプーンを渡す。

ついでにカモミールティーを出すと、その香りと味が気に入ったみたいで、みんな目を細めて飲んでいる。

「リン、これは初めて飲むものだが、どんなお茶なんだい？」

「とても香りがよいですね。リンゴの香りがしますが、味は違うようですし」

「実は乾燥させたカモミールという薬草を使っています」

「えっ!?　薬草!?」

「これが、ですか!?」

薬草だと教えると、すっごく驚かれた。

「はい。ポーションの材料のひとつでもあります」

「こんなに香りと味がいい薬草があるとは……」

「ミントも薬草でしょう？」

「言われてみればたしかに。ミントティーも美味《おい》しかったよ。疲れが取れると、使用人たちが喜んでいた。その節はありがとう、リン」

「どういたしまして。お役に立てたならよかったです」

ガウティーノ家だけでなく、エルゼさんの家でも人気だと団長さんが教えてくれる。

本当に疲れが取れると、喜んでいるんだとか。

「カモミールには心身をリラックスさせる効果があって、夜寝る前に飲むとよく眠れるようになりますよ。あと、貧血や冷え性も改善してくれます」

「なるほど……。エルゼは手足の先が冷えるとよく言っているから、教えてあげよう」

「団長さん自ら淹《い》れてあげたら喜ぶんじゃないですか？　一緒に飲んで、仲直りしたらいいと思います」

「そうだね……そうしよう」

「使うのはカモミールの花びらの部分です。乾燥したものが商会や露店で売られています」

「ふむふむ」

「作り方はとても簡単です。ティーポットにスプーン一杯分を入れて、熱湯を注《そそ》いで五分待ちます。それで出来上がりです」

「それだけでこの香りと味になるのかい!?」

「本当に簡単なのですね」

「はい。なので、ゼリーを作ったあとに教えますね」

私にさりげなく促《うなが》されて、慌てて味見用のゼリーを食べるアレクさんと団長さん。その様子に思わず笑ってしまった。

二人がゼリーを食べたあとは、スライムゼリーを使ったゼリー作り。

いろんな味を楽しみたいと、リンゴとオレンジ、ダンジョンから持ち帰ったマンゴーをジュースにし、それらにスライムゼリーを溶かす。

できた液をカップに入れて生活魔法で冷やすと、あっという間に固まった。

さすがに叱られると学習したらしく、団長さんもアレクさんも今回はきちんと分量通りに作っている。

「「おお～！」」

カップを揺らすとぷるぷる震えるゼリー。

「ミルクでも作ることができますよ。そのときは砂糖かはちみつを入れてくださいね」

以前、入れずに作ったからね、私。なのでしっかり注意した。

ゼリーを味見している間にパウンドケーキが焼けたので、念のため串を端っこに刺し、生地がつかないか確かめてもらう。

きちんと焼けていたので型から取り出し、生活魔法で少し冷ましてもらった。

「温かくても美味《おい》しいですけど、冷やしたほうがいいです。では、味見をしてみましょうか」

それぞれが自分で作ったものをみんなに配り合う。

おお、初めて作ったのにちゃんと作れているよ！

凄いなあ、アレクさんも団長さんも。

これさえできれば、あとはジャムや果物を入れてアレンジもできるだろう。

今回はナッツ類とバナナを買ってきたので、それでアレンジバージョンも作ってみる。

もう一度基本のプレーン生地を作ってもらい、それを半分に分ける。それから、ひとつにはナッツ、ひとつにはフォークで潰したバナナを入れた。

「できた生地に入れて混ぜてください。余分に入れると失敗しますから、分量通りに」

念のため釘を刺し、木べらで混ぜてもらう。

それを型に入れてナッツとバナナをそれぞれ表面にのせ、オーブンに入れた。

そのあと、できたものを一度試食して、どれをエルゼさんに渡すのか考えている団長さん。

私はそれを横で見ながら、プレーンのものには果物を飾ればいいと教えた。

結局ナッツとバナナ、両方のパウンドケーキとミルク味のゼリーをエルゼさん用に作ることに。

団長さんはそれらと装飾品を一緒にラッピングして、若干緊張した顔をしながら帰っていった。

これからエルゼさんのところに行って、仲直りしてくるそうだ。

うまくいくといいねと、アレクさんやラズと一緒に話した。

その日の夜、帰ってきたエアハルトさんに、アレクさんが作ったパウンドケーキとカモミールティーを飲んでもらった。すると「美味《おい》しいぞ」と笑みを浮かべてくれる。

それを見たアレクさんも嬉しそうにしていた。

私とアレクさんは、アレクさんがゆるゆるにした生地で作ったパンケーキや、パウンドケーキを食べてしまったので夕ご飯が入らなかった。

数日後。団長さんとエルゼさんが仲良く揃《そろ》ってエアハルトさんちに来た。仲直りしたそうで、お揃《そろ》いのピアスと髪飾りをしている。

「リンのおかげだ。ありがとう」

「お役に立てたならよかったです」

帰り際にこっそりそう伝えてくれた団長さんに、よかった！　と胸を撫《な》で下ろしたのだった。

書き下ろし番外編

その後の彼ら

自分のせいでこの世界の住人になってしまったリンを、アントスが見守っているときのこと。

リンと直接関わったり間接的に関わったりして、問題を起こした人間がいたが……その後の彼らはどうなったのか。ちょっとした好奇心で、彼らの様子を見ることにしたアントス。

現在の状況と神の能力のひとつである未来視を発動し、その後の彼らを視《み》た。

・その一　タンネの町、冒険者ギルド職員のその後

まずはタンネの町にいたギルドマスターと職員だが、やはりというべきか、国からの

指導が入った。それを受け、ギルドマスター——ギルマスは性根を入れ替え、国から派遣された指導員とともに、差別意識のある者をしっかりと指導し始めた。

元冒険者は、差別意識など持たないので問題ない。

だが、差別してきた者たちは、自分勝手な嫉妬から差別していたから指導対象になるのは自業自得だった。

それをきちんと対処するギルマスを見た指導員は、これならば大丈夫だとあとのことを彼に任せ、王都に帰っていった。

ギルドの仕事と並行してしっかりと職員を指導し、時には厳しい態度やクビを言い渡す最高責任者に、職員も気を引き締めなければならなくなった。

自ら辞めた者は別だが、クビになると信用できない人物だと思われるため、他で雇ってもらえなくなるという。

そんな事情もあり、差別をしてきた者たちは、クビになりたくないからと表面上は取り繕って仕事をこなしている。それが嫌な者たちは、淘汰されるがごとくギルドを辞めていった。

そして、表面上取り繕っていたはずのことが当たり前になってしまえば、正当な判断ができるようになっていく。

それが当たり前になってしまえば住む者たちもそうせざるを得ず、できない者は町から離れていく。町にとってはいい循環となり、高位ランク持ちの冒険者の数も、少しではあるが増えてきているようだ。

まあ、そんな中にあっても、しょっちゅう叱責されている人間がいた。

リンに対し不当な値段を告げ、他にも様々な問題を起こしていた男だった。

鑑定業務もダメ、解体も無理なので配置換えもできない。だからこそ受付に座らせていたのだが、黒髪というだけで顔をしかめるので、冒険者から苦情がきていた。

本人は茶色の髪を持つ、言わばどこにでもいる人間である。

が、彼の一族の中には努力を重ね、黒髪になった者もいる。それが自身の兄や弟妹だからこそ、なおさら僻《ひが》むのだろう。

もちろん、彼自身にも適性魔法や職業があった。それが鍛冶《かじ》だったのだが、身内は応援してくれたのに本人がそれをよしとせず、ギルド職員になった。

そのようなことがあり、ずっと受付をしていたのだが……

ついにその日がやってきた。

「ギルドが運営している、鍛冶《かじ》部門に配置換えだ」

「そんな……！」

「自分がなにをしてきたか、まだわかっていないのか？　お前自身がそんな態度でいる限り、もう表に出すことはできない。これ以上冒険者が減ってしまうと、初級や中級といえど、スタンピードが起こりかねない。その責任が取れるのか？　まったく戦えないお前が」

「……っ」

「鍛冶《かじ》部門が嫌なら、辞めるしかない」

どうする、とのギルマスの言葉に渋々ながらも頷《うなず》き、鍛冶《かじ》部門に配置換えとなった。

周囲には彼と同じような髪の者もいたからそれに安堵していたが、しばらくすると、茶色や緑色の髪の色が、徐々に濃くなっていく者が出てくることに驚く。

それを見て、彼は思うところがあったのか、あるいは兄弟たちを思い出したのか、ひっそりと溜息をついた。

「ああ……そうか。努力すればよかったんだな……」

ようやく、自分が間違っていたと思い至る。

鍛冶《かじ》職人になるのは恥ずかしいと思っていた。だが、冒険者も鍛冶《かじ》職人も、どちらかが欠けていたら成り立たないものだ。

家族や親戚には彼のように鍛冶《かじ》職人もいたが、どちらかといえば騎士や魔法使いのほうが多かった。だからこそ羨《うらや》ましかった。

だが、家族は一度として彼を蔑《さげす》んだり、馬鹿にしたことなどなかった。逆に応援してくれていたのだ。

それを思い出した男は、まだまだ時間があるからと性根を入れ替え、ギルドの下働きから鍛冶《かじ》を始めることとなった。

日々努力をし始めると、周囲の目が変わってくる。失敗しても叱責されることが少なくなり、どうすればいいか教えてくれる者も出てきた。

それを素直に受け止め、なおかつ受け入れていけば、その助言を仕事に生かすことができるようになってきたのだ。

そのあたりからだろうか……自分の髪の色が、少しだけ濃くなったと感じたのは。

そんなはずはないと一旦それを否定し、ますます努力を続けると、それに呼応するかのように、髪色が濃くなってきたことに気づく。

（ああ……！）

本当に無駄なことをしてしまった。

もっと早く気づいていれば、今ごろは両親にも兄弟にも自慢できたのに。

猛省してからの彼の成長は目覚ましく、適性職業とも相まってどんどん基礎を覚えてゆく。本来であれば数年かかるところを、半年も経たずにすべての基礎を覚えたのだ。ギルドではこれ以上教えられる人間がいないからと鍛冶《かじ》師を紹介され、ギルドを辞めてその店で働くようになった。

その数年後のことだった。兄の一人が、自分の打った剣が欲しいと言ってくれたのだ。兄の期待に応えられるようにと懸命に努力し、数年で黒髪になることができた。師匠と呼べる人間と出会ったことで彼はその才能を開花させたのだ。だからといって、驕《おご》るようなことはなかった。

さらに数年その店で働いて金を貯め、師匠から許されて自分の店を持つことができた。そこで初めて、依頼してきた兄にどんな剣が必要なのか、聞いたのだ。

その依頼通りに作ることができれば、きっと自信に繋がるからと。

そして出来上がった剣は、兄を満足させるものだった。

他にも兄の子のために剣や短剣、槍《やり》を打ってほしいと言われて、希望通りのものが作れた。それをとても嬉しいと感じていた。

店を持ったばかりだから自分の武器や防具を注文してくる冒険者は少なかったが、それでも赤字になることはなかった。

店を開いて半年ほど経ったころだろうか。一番上の兄から、のちに妻となる女性を紹介されたのは。

地味というか平凡な部類に入るであろう容姿だったけれど、彼女には商人の才能があった。自分は商売と口が下手だということを兄に相談していたが、それを考えて彼女を紹介してくれたのだろう。

初めのころは商売のパートナーとして接していたが、いつしか惹《ひ》かれあい、出会って二年で婚姻した。

二人の子に恵まれて、長女が鍛冶《かじ》師、長男が独立して商人となった。

娘が鍛冶《かじ》師として一人前になった数年後、彼は病を得る。

療養しながら、遠回りしてしまったが、とても幸せでいい人生だったと、妻に語った彼。

(改心のきっかけをくれた黒髪の年若い薬師に、感謝しよう……)

そう思った彼は。

とても穏やかな気持ちで、永《なが》い眠りについた。

覗《のぞ》いた彼の未来は、とても素晴らしいものだったなと、アントスは満足した。

・その二　カールのその後

ガウティーノ家の四男、カール。

彼は兄たちと同じように育てられたというのに、自身のせいでその才能を潰し、ジェルミ子爵家の婿養子となった。

きちんと両親などの注意に耳を傾けていれば、文官になれるだけの才能があったのに。

自分に甘く、何事においてもすぐに逃げることから常に成績は底辺で、兄たちと比べられて憤《いきどお》っていた。

もっともそれはカール自身が悪いわけだが、自分に甘い彼はそのことを他人のせいにして生きてきたために、自分が悪いとは思っていない。なにかあれば【魅了魔法】を使い、その魔法にかかった者にいろいろなことをやらせていたのだから性質《たち》が悪い。

それを隠していたのに、妻に知られてしまったのだ。

「カール様、そんなこともできませんの？　本当にお義兄さまたちよりも優秀だったんですの？」

「あ、ああ。もちろんだ！」

「この成績でも、ですか？」

「え……？」

妻はカールの能力を把握したいと、学院から成績表をもらっていたのだ。彼の目の前には彼女と、三人の兄たち、そしてカールを加えた五人分の成績表が並べられている。

カールの成績は、どの教科も一番底辺のEランク。兄たちは、全員最高のSランクだった。

妻ですらBとAが並んでいるのだ……それを突きつけられては、優秀だと声高に言うことができなくなってしまった。

「そ、そんな……」

「どこが一番の成績ですの？　どこが優秀ですの？　わたくしよりも成績が下ではありませんの！　こんな成績だと、あの当時知っていれば……」

わたくしはガウティーノ侯爵夫人になれたのにとの、呟《つぶや》きを聞いたような気がした。

彼女は騎士を嫌っていた。だからエアハルトの婚約者になりたくなかったと知り、カールを慕ってくれたからのっただけだったのに……

そんなことを思うカール。

「このままでは、領地経営すらしていただけませんわ。わたくしもお手伝いいたしますから、一から勉強いたしましょう」

「ああ……」

そう返事をしたものの、底辺の成績だったカールが領地経営について理解できるはずもなく。

義理の両親や領地経営を支える寄り子貴族、妻にも呆れられてしまった。

妻はお互いに惚れたわけだからと、根気よく丁寧に教えてくれる。

それでも覚えが悪いカールに愛想をつかし始めているのだから、どれほど能力がないか、いかに勉強をさぼっていたかが知れるだろう。

そのうち領地経営の勉強に飽きて逃げ出す前になんとかしなければとは思う。義理の両親が健在だからいいようなものの、いなかったら大変だっただろう。

彼女自身も、カール以外のガウティーノ家の人間や、婚約者でもあったエアハルトを嫌ってカールに鞍替《くら》えしたのだから、自業自得ではあるが。

「カールはもう血筋を守る役としてしか見られないな……」

「……そうですわね。この子が男児か女児かわかりませんが、あと一人か二人産まないと。今後の領地が心配です」

「そうだな……」

義理の両親と妻が、カールを抜きに今後のことを話し合う。三人とも同じ考えだったが、とはいえカールを放逐《ほうちく》することはできず、最期《さいご》まで面倒を見なければならないのだ。お腹にいる子どものために、お互いに干渉しないこととガウティーノ家の力を使わない、頼らないという条件のもと、爵位を下げてまでカールを婿にもらったために、子爵家側からはなにも言えないのが現実だった。

結局、子どもの教育はカールを抜きにしてやることを決めた。カールの血を引いていることに不安は残るが、兄たちはみんな立派にやっているので、その血に期待したい。

そして生まれた子は男児で、髪はカールと同じ茶色。小さなころからきちんと躾《しつ》ければ、黒髪も夢ではない色だ。

赤子が生まれたからにはカールに変わってほしいと願うが、彼の性格を考えると期待はできない。なので、嫡男を支える子どもが欲しいとカールに囁《ささや》き、なんだかんだと男児を二人、女児を一人産んだ妻は。

なんとカールを子どもと一緒に学ばせるという方法を取り、なんとか簡単な領地経営だけはできるようにさせたのだ。

成人して領地経営がしっかりとできるようになった娘の長男を、次の当主として指名した子爵は、カールを試すことにする。

できなければ、領地にある別荘に幽閉することに決めたのだ。

カールは長男が後継者になったことがとても悔しかった。だが、義父から当主になりたいのであれば、これだけはきちんと処理しろと言われて渡された書類を前に、カールはなにひとつ対処できず、頭を抱えるばかりだった。

それが決定打になってしまった。

「このくらいのこともできないお前を、当主にすることはない。当主になりたいのであれば、最低限これくらいはできるようになりたまえ」

「……」

カールはなにも言えなかった。黙り込んだカールを、義父は呆れたように見ていた。

そのことがあってから一ヶ月後、カールは領地にある別荘に幽閉された。彼自身は幽閉とは思っておらず、義父の「しばらく別荘に行って療養してきなさい」という言葉に喜んだくらいだ。

家族からの冷たい態度を見なくてすむから。

それからさらに一ヶ月後。

「ぐっ、あがっ……、ど、どう、して……」

「だって、無能なだけで散財ばかりする者は、我が子爵家に必要ありませんわ」

「そ……、ん、な……」

忙しくしていた妻が、珍しく差し入れを持ってきた。とても美味しいスープだと言って。それを飲み干したあと、カールは胃と喉に違和感を覚え、急に咽《むせ》ると血を吐いた。以前の妻なら、すぐに背中をさすって、ポーションを！　と叫んでいたはずだ。

まさかと思って妻を見ると、彼女は薄く笑っていたのだ……カールを冷たい目で見下ろしながら。

「わたくしの能力では、きっと侯爵家の妻としては落第だったでしょう。だから、わたくしが婿を取ったのは正解だったのですわ」

「……っ、かはっ」

「あのときはカール様をお慕いしておりました。愛しておりました。だからこそ婚姻前に体を開いたのです。お腹の子のためにもわたくしのためにも、爵位を下げてでもカール様を婿に迎えたのです。ですが……わたくしにはもう、カール様を思う気持ちはございません。それに、まさかここまで出来の悪い方だと思っておりませんでした」

これだったら、まだエアハルト様かマックス様のほうがよかったわと言う妻に、カール は愕然《がくぜん》とした顔をした。

「仕事もしない穀潰《ごく》しはいりません。……さようなら、カール様」

待ってと声を出そうにも、喉になにかが詰まったような感覚がして、ずっとそれを吐き出している。それが自身の血であると気づいたときには、もう遅かった。

意識は朦朧《もうろう》として……すぐに視界が暗転する。


どうすればよかったのだろう。

どうすれば当主になれたんだろう。


「バカな人……」

妻がそんな言葉を吐くと同時に、涙を流していることに気づくことはなかった。

子どもたちの反面教師という意味では、役に立った男だった。


ふたつの未来を視《み》たアントスは溜息をつく。

「……あ～、見なければよかった」

ただ、これはあくまでも未来のひとつに過ぎず、真面目に生きればカールも領主になれる可能性があるのだ。

侯爵家の領主は無理だが、子爵家の領主であればなんとかなりそうではある。そこはカール本人と妻、義両親の努力次第だろう。

ギルド職員にも同じことが言える。反省しなければ、親兄弟に認められることはない。

とはいえ、職員に関しては心配していない。現在の彼は未来視の通り、反省して鍛冶《かじ》に対し、ひたむきに行動し始めているのだから。

気持ちを切り替え、リンを視《み》たアントスは、リンの側にいる魔物を見て驚く。ゼーバルシュにおいても数の少ない魔物だったからだ。

「おや、とてもいい子を従魔にしたんですね」

草原で薬草採取をしているリンの側にいるのは、空色のエンペラーハウススライム。

ラズと名付けられた魔物の未来を幻視して、安堵するアントスは。

「リンの助けとなってくださいね。あなたならできますよ」

ラズを見て微笑み、そう呟《つぶや》いた。

アルファポリス
Webサイトにて好評連載中!

待望のコミカライズ!

ある日突然、自分が乙女ゲームの悪役令嬢に転生していると気づいたエリーゼ。テンプレ通り、王子から婚約破棄されたけど……そんなことはどうでもいい。せっかく前世の記憶を思い出したのだから、料理チートとか内政チートとか色々やらかしたい！さっそくサクッとざまぁを済ませ、家族も国もみんな巻き込み、乙女ゲーム世界にあるまじき“あの料理”で飯テロを巻き起こして——!?

アルファポリス 漫画 検索

B6判／定価:748円（10%税込）
ISBN:978-4-434-29016-9

本書は、2019年5月当社より単行本として刊行されたものに書き下ろしを加えて文庫化したものです。


この作品に対する皆様のご意見・ご感想をお待ちしております。

おハガキ・お手紙は以下の宛先にお送りください。

【宛先】

〒150-6008 東京都渋谷区恵比寿4-20-3 恵比寿ガーデンプレイスタワー 8F
(株) アルファポリス　書籍感想係

メールフォームでのご意見・ご感想は右のQRコードから、
あるいは以下のワードで検索をかけてください。

アルファポリス　書籍の感想　検索

ご感想はこちらから

レジーナ文庫

転移先《てんいさき》は薬師《くすし》が少《すく》ない世界《せかい》でした 1

饕餮《とうてつ》

2021年7月20日初版発行

文庫編集ー斧木悠子・篠木歩
編集長ー倉持真理
発行者ー梶本雄介
発行所ー株式会社アルファポリス
〒150-6008 東京都渋谷区恵比寿4-20-3 恵比寿ガーデンプレイスタワー8階
TEL 03-6277-1601（営業）　03-6277-1602（編集）
URL https://www.alphapolis.co.jp/
発売元ー株式会社星雲社（共同出版社・流通責任出版社）
〒112-0005 東京都文京区水道1-3-30
TEL 03-3868-3275
装丁・本文イラストー藻
装丁デザインーAFTERGLOW
（レーベルフォーマットデザインーansyyqdesign）
印刷ー中央精版印刷株式会社

価格はカバーに表示されてあります。

落丁乱丁の場合はアルファポリスまでご連絡ください。

送料は小社負担でお取り替えします。


ISBN978-4-434-29107-4 C0193